No cinema

Mário de Andrade

No cinema

Fronteira

Copyright © 2010
Herdeiros de Mário de Andrade

Direitos de edição da obra em língua portuguesa no Brasil adquiridos pela EDITORA NOVA FRONTEIRA PARTICIPAÇÕES S.A. Todos os direitos reservados. Nenhuma parte desta obra pode ser apropriada e estocada em sistema de banco de dados ou processo similar, em qualquer forma ou meio, seja eletrônico, de fotocópia, gravação etc., sem a permissão do detentor do copirraite.

EDITORA NOVA FRONTEIRA PARTICIPAÇÕES S.A.
Rua Nova Jerusalém, 345 – Bonsucesso – 21042-235
Rio de Janeiro – RJ – Brasil
Tel.: (21) 3882-8200 – Fax: (21) 3882-8212/8313
http://www.novafronteira.com.br
e-mail: sac@novafronteira.com.br

Texto revisto pelo novo Acordo Ortográfico.

CIP-Brasil. Catalogação na fonte.
Sindicato Nacional dos Escritores de Livros, RJ.

A568n Andrade, Mário de, 1893-1945
No cinema / organização de Paulo José da Silva Cunha – Rio de Janeiro: Nova Fronteira, 2010.

(Coleção Fronteira)

ISBN: 978-85-209-2468-6

I. Literatura brasileira. 2 Crítica: I. Cunha, Paulo José da Silva. II. Título. III. Série.

CDD 869.98
CDU 821.134.3 (81)-8

Do Rio a São Paulo para casar[1]
1922

A EMPRESA ROSSI APRESENTA UMA TENTATIVA DE COMÉDIA[2]. Aplausos. Transplantar a arte norte-americana para o Brasil! Grande benefício. Os costumes atuais do nosso país conservar-se-iam assim em documentos mais verdadeiros e completos que todas as "coisas-da-cidade" dos cronistas.

Fotografia nítida, bem focalizada. Aquelas cenas noturnas foram tiradas ao meio-dia, com sol brasileiro... Filmadas à tardinha, o rosado não sendo fotogênico, a produção sairia suficientemente escura. Isso enquanto a empresa não conseguir filmar à noite.

O enredo não é mau. Fora preciso extirpá-lo de umas tantas incoerências.

A montagem não é má. Fora preciso extirpá-la de umas tantas incoerências.

O galã, filho de uma senhora aparentemente abastada, por certo teria o dinheiro necessário para vir de Campinas a S. Paulo. A sala e o quarto de dormir da casa cam-

---
NOTAS DA EDIÇÃO
[1] Artigo publicado, com o pseudônimo R. de M., em *Klaxon: mensário de arte moderna*, n° 2. São Paulo, 15 de junho de 1922, p. 16.

[2] A crônica se refere ao filme de José Medina, *Do Rio a São Paulo para casar*, de 1922.

pineira brigam juntos. Aquela burguesa, este paupérrimo. Acender fósforos no sapato não é brasileiro. Apresentar-se um rapaz à noiva, na primeira vez que a vê, em mangas de camisa, é imitação de hábitos esportivos que não são nossos. E outras coisinhas.

É preciso compreender os norte-americanos e não macaqueá-los. Aproveitar deles o que têm de bom sob o ponto de vista técnico e não sob o ponto de vista dos costumes. Artistas regulares. Pouco fotogênicos. Por que não usam pó de arroz azul? De quando em quando um gesto penosamente ridículo... Num *film* o que se pede é vida. É preciso continuar. O apuro seria preconceito esterilizante no início de empreitada tão difícil como a que a *Rossi Film* se propõe.

Aplauso muito sincero. Seguiremos com entusiasmo os progressos da cinematografia paulista.

R. de M. / M. de A.[3]

---

[3] Os textos *"Do Rio a São Paulo para casar"* e *"The Kid – Charles Chaplin"* estão na mesma p. 16 do nº 2 de *Klaxon*; o primeiro com o pseudônimo R. de M. e o segundo sem assinatura. O escritor, no exemplar dele, reconhece sua autoria ao grafar, a lápis, para ambos, "M. de A". Em 1922, na difusão do modernismo, o grupo *Klaxon* multiplicava-se em pseudônimos, para oferecer maior número de colaboradores.

The Kid - Charles Chaplin[1]
1922

A OBRA MAGISTRAL DE CARLITO VAI SER REPRESENTADA EM S. PAULO. Trabalho marcando uma era. Jamais foi atingido interpretativamente o grau registrado aí. Passa da alçada comum do *film*. Vemos onde pode chegar o cine e como ele deve ser. *The Kid*[2] é integral, harmônico com a época. Nele Chaplin, por sua vez, está na culminância da sua arte.

Chegou magistralmente ao fim da evolução de que dera mostras desde *O vagabundo*[3]: Carlito artista, diretor, encenador, criador de um gênero inteiro novo, intérprete ainda nunca visto; e acima de tudo imensamente humano. Ao seu lado, o pequeno Jackie Coogan produziu sensação. A crítica europeia, em geral pouco indulgente para com o cine *yankee*, foi unânime em elogiá-lo. Sua aparição na tela, devida a Carlito diretor, e seu jogo cênico é simplesmente

---

NOTAS DA EDIÇÃO

[1] Artigo publicado sem assinatura em *Klaxon: mensário de arte moderna*, n° 2. São Paulo, 15 de junho de 1922, p. 16.

[2] *O garoto*, filme de Charles Chaplin, de 1921.

[3] É difícil precisar se MA refere-se a *The Tramp*, de 1915, ou a *The Vagabond*, de 1916, filmes de Chaplin que tiveram, ambos, o título *O vagabundo*, em português.

prodigioso. Assim, entre outros, disse J.G. Boissière, autoridade na matéria.

Em síntese: *The Kid* é uma revelação.

M. de A.[4]

---

[4] A indicação a lápis — M. de A. — para o texto anterior, impresso na mesma p. 16, serve para este também.

Uma lição de Carlito[1]
1922

A EVOLUÇÃO DE CHARLIE CHAPLIN DEMONSTRA MAIS UMA VEZ que por mais novas que as formas se apresentem o fundo da humanidade será sempre um só. Carlito já se tornara grande criando seu tipo burlesco, tipo clássico que refletia, sob a caricatura leviana, o homem do século vinte. Mas Carlito, com seus exageros magníficos, compreendera a vida como uma estesia. Estesia burlesca, naturalmente. Era um erro. Criara uma vida fora da vida. Sofria de estetismo; porventura o maior mal dos artistas modernistas. Mas um dia o genial criador apresentou *O vagabundo*. Pouco tempo depois *O garoto*. E tornou-se imenso e imortal. Por quê? Porque sob aparências novas as almas são eternas. É verdade que pertence a todos os séculos. O genial inovador humanizava-se. Sofria. Criemos como Carlito uma arte de alegria! Riamos às gargalhadas! Mas donde vem que a gargalhada parece terminar "numa espécie de gemido"? Da vida, que embora sempre nova nas suas formas, é monótona nos seus princípios: o bem e o mal. Não caiamos no "este-

---

NOTAS DA EDIÇÃO
[1] Artigo publicado com o pseudônimo J.M., em *Klaxon: mensário de arte moderna*, n° 3. São Paulo, 15 de julho de 1922, p. 14.

tismo" de que já falava Braunschvig! E a grande coragem do homem-século-20 estará em verificar desassombradamente a dor, sem por isso se tornar sentimental. No entanto, sob a roupagem do mais alto cômico, Charlie atingiu a eloquência vital das mais altas tragédias. Charlie é o professor do século 20. *Klaxon* desfolha louros sobre o homem que lhe dá tão eterna e tão nova lição.

J.M./M. de A.[2]

---

[2] O crítico reconhece a própria autoria ao escrever a lápis "M. de A.", ao lado do pseudônimo, em seu exemplar da revista.

Ainda O garoto[1]
1922

O GAROTO POR CHARLIE CHAPLIN É BEM UMA DAS OBRAS-PRIMAS mais completas da modernidade para que sobre ele insista mais uma vez a irrequieta petulância de *Klaxon*. Celina Arnauld, pelo último número fora de série da *Action*, comentando o *film* com bastante clarividência, denuncia-lhe dois senões: o sonho e a anedota da mulher abandonada que por sua vez abandona o filho. Talvez haja alguma razão no segundo defeito apontado. Efetivamente o caso cheira um pouco à subliteratura. O que nos indignou foi a poetisa de *Point de Mire* criticar o sonho de Carlito. Eis como o percebe: "Mas Carlito poeta sonha mal. O sonho objetivado no *film* choca como alguns versos de Casimiro Delavigne intercalados às *Illuminations* de Rimbaud. Em vez de anjos alados e barrocos, deveria simplesmente mostrar-nos *pierrots* enfarinhados ou ainda outra cousa e seu *film* conservar-se-ia puro. Mas quantos poemas ruins têm os maiores poetas!"

Felizmente não se trata dum mau poema. O sonho é justo uma das páginas mais formidáveis de *O garoto*. Ve-

---

NOTA DA EDIÇÃO
[1]Artigo publicado em *Klaxon: mensário de arte moderna*, n° 5. São Paulo, 15 de setembro de 1922, p. 13-14.

jamos: Carlito é o maltrapilho e o ridículo. Mas tem pretensões ao amor e à elegância. Tem uma instrução (seria melhor dizer conhecimentos) superficial ou o que é pior desordenada, feita de retalhos, colhidos aqui e além nas correrias de aventura.

É profundamente egoísta como geralmente o são os pobres, mas pelo convívio diurno na desgraça chega a amar o garoto como a [um] filho. Além disso já demonstrara suficientemente no correr da vida uma religiosidade inculta e ingênua. Num dado momento conseguem enfim roubar-lhe o menino. E a noite adormecida é perturbada pelo desespero de Carlito que procura o enjeitado. Com a madrugada, chupado pela dor, Carlito vai sentar-se à porta da antiga moradia. Cai nesse estado de sonolência que não é o sono ainda. Então sonha. Que sonharia? O lugar que mais perlustrara na vida, mas enfeitado, ingenuamente enfeitado com flores de papel, que parecem tão lindas aos pobres. E os anjos aparecem. A pobreza inventiva de Carlito empresta-lhes as caras, os corpos conhecidos de amigos, inimigos, polícias e até cães. E os incidentes passados misturam-se às felicidades presentes. Tem o filho ao lado. Mas a briga com o boxista se repete. E os polícias perseguem-no. Carlito foge num voo. Mas (e estais lembrados do sonho de Descartes) agita-se, perde o equilíbrio, cai na calçada. E o sonho repete o acidente: o polícia atira e Carlito alado tomba. O garoto sacode-o, chamando. É que na realidade um polícia chegou. Encontra o vagabundo adormecido e sacode-o para acordá-lo. Este é o sonho que Celina Arnauld considera um mau poema. Como não conseguiu ela penetrar a admirável perfeição psicológica que Carlito realizou! Ser-lhe-ia possível com a mentalidade e os sentimentos que possuía, no estado psíquico em que estava, sonhar *pierrots* enfarinhados ou minuetes de aeroplanos! Estes aeroplanos imaginados pela adorável dadaísta é que viriam forçar a *intenção* da modernidade em detrimento da *observação* da realidade. Carlito sonhou o que teria de sonhar fatalmente, necessariamente: uma felicidade angelical perturbada por um subconsciente sábio em coisas de sofrer ou de ridículo. O sonho é o comentário mais perfeito que Carlito poderia construir da sua pessoa cinematográfica. Não choca. Comove imensamente, sorridentemente. E, considerado à parte, é um dos passos mais humanos da sua obra, é por certo o mais perfeito como psicologia e originalidade.

M. de A.

Cinema[1]
1922

Há certos problemas, referentes ao cinema, que aparentemente pouco nos interessam, pois não há por aqui artistas e fábricas que se dediquem especializadamente a produzir fitas de ficção. Essa desimportância porém é apenas aparente; tais problemas, quando não tenham artistas para preocupar, têm sempre público para educar e orientar.

O cinema realiza a vida no que esta apresenta de movimento e simultaneidade visual. Diferença-se pois muito do teatro em cuja base está a observação subjetiva e a palavra. O cinema é mudo; e quanto mais prescindir da palavra escrita mais se confinará ao seu papel e aos seus meios de construção artística. Segue-se daí que tanto mais cinemática será a obra de arte cinematográfica quanto mais se livrar da palavra que é grafia imóvel. As cenas, por si, devem possuir a clareza demonstrativa da ação; e esta, por si, revelar todas as minúcias dos caracteres e o dinamismo trágico do fato sem que o artista criador se sirva de palavras que esclareçam o espectador. A fita que, além da indicação

---

NOTAS DA EDIÇÃO
[1] Artigo publicado com o pseudônimo G. de N., em *Klaxon: mensário de arte moderna*, nº 6. São Paulo, 15 de outubro de 1922, p. 14. O reconhecimento da autoria está no *Fichário analítico* de MA.

inicial das personagens, não tivesse mais dizer elucidativo nenhum, seria eminentemente artística e, ao menos nesse sentido, uma obra-prima. É evidente também que um sem-número de qualidades, derivantes dessa qualidade primeira, nobilitariam a obra que imagino. Conseguir-se-ia mesmo a simplicidade dentro da simultaneidade – o que daria à obra de arte cinematográfica um valor expressivo excepcional. O que falta em geral às fitas americanas é a simplicidade de ação, vital e sugestiva, que nos eleva à grandeza serena e azul do classicismo. (Excetuo naturalmente as fitas cômicas, especialmente as de Chaplin e de Clyde Cook. As de Lloyd também). O que lhes sobra é a complicação, que imprime a quase todas um caráter vaudevilesco muito pouco ou raramente vital.

E os americanos só têm decaído a esse respeito. As últimas fitas importantes aparecidas estão cheias de dizeres, muitas vezes pretensiosamente líricos ou cômicos. É já um vício. Quem observar com atenção qualquer fita, logo reconhecerá a inutilidade de muitos desses cartazes explicativos, cujo maior mal é cortar bruscamente a ação, seccionando a visão e consequentemente a sensação estética.

E não se diga que tirar a palavra escrita do cinema seja privá-lo dum meio de expressão. Primeiramente: quanto mais uma arte se conservar dentro dos meios que lhe são próprios, tanto mais se tornará pura. Além disso: tantos são os meios de expressão propriamente seus de que pouco ainda se utiliza a cinematografia!

A cinematografia é uma arte. Ninguém mais, sensato, discute isso. As empresas produtoras de fitas é que não se incomodam em produzir obras de arte, mas objetos de prazer mais ou menos discutível que atraiam o maior número de basbaques possível.

A cinematografia é uma arte que possui muito poucas obras de arte.

G. de N. / [Mário de Andrade][2]

---

[2] Em seu *Fichário analítico*, o crítico indica: "Sobre cinema, Mário de Andrade *Klaxon* 6", desvelando assim a própria autoria deste texto.

Esposas ingênuas[1]
1922

HÁ MUITOS MESES QUE NÃO VÍAMOS UM BOM *FILM*. Tivemos enfim esse prazer com as *Esposas ingênuas*[2]. Eric von Stroheim é um homem de talento. É artista, *metteur en scène* e dramaturgo. Como artista só merece elogios. Como *metteur en scène* é extraordinário apesar de não chegar ainda à altura de certos mestres americanos. Como dramaturgo é um pouco fraco. O *film* peca pelo enredo ou, melhor, pelo fim do enredo. Von Stroheim quis fugir à banalidade e caiu no inverossímil. Mas o interesse do enredo é sempre muito relativo e Von Stroheim agradou-nos imensamente. Compôs o personagem do conde Karanzin, conquistador e cínico, com uma revoltante naturalidade. Von Stroheim apesar de feio e desprezível tem algo de D. Juan. Quem sabe o garbo militar, a desenvoltura, o próprio cinismo. Há um pensamento que diz: para obter o amor das mulheres é preciso desprezá-las ou batê-las, segundo a classe social a que pertencem. Von Stroheim conhece esse pensamento e

NOTAS DA EDIÇÃO
[1] Artigo publicado com o pseudônimo Ínterim, em *Klaxon: mensário de arte moderna*, n° 7. São Paulo, 30 de novembro de 1922, p. 16.

[2] *Esposas ingênuas*, filme de Erich von Stroheim, 1921. MA grafa Eric, facilitando a pronúncia do nome.

emprega-o. Mas sabe também usar do sistema da doçura. Nenhuma lhe resiste senão a idiota absurda e inútil da última parte.

Assim termina estupidamente esse D. Juan jogado num esgoto. É interessante observar-se também os dizeres bastante originais e sintéticos. Von Stroheim acabou com os palavrórios fatigantes que quebram a unidade da ação. Palavras soltas, sugestões simples. É um passo a mais para a supressão dos dizeres. Um *film* que passou há pouco por um cinema da capital, mostrou-nos já a inutilidade dos letreiros. É de esperar que as fábricas façam outras tentativas nesse sentido.

Ínterim / [M. de A.][3]

---

[3] A comparação deste texto com os outros de MA na mesma revista mostra semelhança no estilo, razão pela qual se pode atestar a autoria do crítico de cinema, utilizando as iniciais dele, em *Klaxon*.

Cinema[1]
1922-1923

O CINEMA DEVE SER ENCARADO COMO ALGO MAIS QUE UM MERO PASSATEMPO, quase por táxi, ao alcance de todas as vistas, com a utilidade prática de auxiliar as digestões e preparar o sono. Já se foi o tempo em que servia somente para a demonstração da cronofotografia. Evoluiu, tornou-se arte, e veio acentuar ainda mais a decadência do mau hábito dos serões em família, enfadonhos e intermináveis, mesmo quando se fala da vida alheia.

Ciosos na conservação das rotinas, todos os catões se irritam contra ele, apesar do seu alto papel na educação moral. Como é que um pai há de ensinar à filha certas feições da vida? O meio mais fácil é levá-la ao cinema, cuja alta moralidade, reduzida à expressão mais simples, dá a fórmula:

TODO MAU É CASTIGADO.
O BOM ACABA VENCENDO
E RECEBE DE PRÊMIO O CASAMENTO.
SE FOR CASADO... UM FILHO

NOTAS DA EDIÇÃO
[1] Artigo publicado com o pseudônimo A., em *Klaxon: mensário de arte moderna*, n° 8/9. São Paulo, dezembro de 1922/janeiro de 1923, p. 30-31.

Moral a preço de ocasião, está se vendo. Mas é disto que o povo gosta, com o tempero de uns obstáculos pelo meio, porque mesmo para ele o prazer muito fácil não tem atrativo. Não pareça isto elogio; até os gatinhos gostam mais de brincar com um obstáculo entre a patinha e a bola de papel. Deliciam-no os romances em séries — 20 capítulos — cheios de dificuldades e de mistérios, que se resolvem na próxima semana, — tesouros enterrados — anéis fatais — bandidos hindus — "virgens" marcadas... etc.

Para o Sr. Todo-o-mundo, e Exma. Família, os atores preferidos são os dos *papéis simpáticos*, sejam verdadeiros artistas ou não. São as meninas de fábrica que fazem casamentos ricos, ou milionárias apaixonadas por pobretões virtuosos (note-se, de passagem, a influência do dinheiro na simpatia). Detestam pelo contrário todas as *vampires* porque seduzem os maridos e levam meninotes para a roleta, e sobretudo nem podem tolerar os grandes piratas sociais, que, com a maior calma, jogam com o sentimentalismo alheio para proveito próprio. Se os suportam às vezes, é simplesmente pelo fato de realçarem pelo contraste os atos virtuosos dos bons. O povo tem o vício de gostar das qualidades que os outros fingem possuir, e que ele não pratica.

Porém os enredos são sempre vulgares. A moral é útil demais, por isso não nos interessa...

No palco mudo os príncipes do cinismo passam desapercebidos na sua arte, quando não recebem nas ruas vaias e pedradas, como Stuart Holmes — calmo, diante dessa manifesta admiração *à l'envers*, e sorridente por saber que o ódio resulta d'ele ser tão bom ator que o levaram a sério...

Um poema inesquecível é o *Médico e o monstro*[2] (*Dr. Jekyll and Mr. Hyde*, de Stevenson). Quando John Barrymore bebe a tisana enfeitiçada que o transforma em malvado, por simples jogos de fisionomia, vai fazendo aos poucos transparecer em suas feições alteradas a hediondez do seu novo temperamento. Em contraturas horríveis, suas faces se escavam, os cantos da boca tornam-se indecisos; o lábio inferior cai mostrando a segunda fileira de dentes, escuros, desiguais. Surgem rugas denunciadoras de vícios repelentes. Os cabelos vão raleando e caindo alongados, como um véu que disfarçasse o seu olhar turvo de réprobo. As unhas cresceram, e os dedos se recurvaram em garra. Eis pronto o homem que se torce de gozo ao maltratar crianças, e mata o seu melhor amigo, com a delícia proibida do colegial comendo chocolate às escondidas...

Maltratar friamente, só pela emoção de assistir sofrer, é prazer refinado de pouquíssimos eleitos. Maldades por vingança são demasiado banais (já está mofada e azeda a geleia dos deuses...), porém praticar malvadezas gratuitas é um aperfeiçoamento só atingido pelos que aprenderam a adormecer o bicho carpinteiro do remorso.

Em *Satanás*[3], Conrad Weidt desenvolve um trabalho neste gênero verdadeiramente insuperável. Tece intrigas medonhas, e coloca os fantoches uns diante dos outros. Finge-se amigo de todos para poder aconselhá-los perversamente. Fá-los beber, e atiça-os. E eis chegada a hora do gozo supremo, e, com todo descaro, ainda lhes diz: "Em

---
[2] *O médico e o monstro*, dirigido por John Stuart Robertson, 1920.

[3] *Satanás*, de F.W. Murnau, 1919.

todos os lugares onde se bebe, se dança e se mata, estou presente".

Há ainda cínicos de outros gêneros. Irving Cummings engana meia dúzia de mulheres, e todas acreditam ser *a única*.

Von Stroheim comove liricamente a sua criada, e empalma-lhe todas as economias com serenidade.

Além de tudo, devemos admirá-los pela sua coragem.

A moral e a arte têm tanto a ver uma com a outra, quanto a Bíblia com uma caixa de fósforos marca Olho: ambas se referem ao Fiat Lux!...

A. / [M. de A.][4]

---

[4] A análise do estilo aproxima este dos outros textos de MA, na mesma revista *Klaxon*, permitindo que se ateste a autoria por meio das iniciais.

Crônicas de Malazarte — III[1]
1923

[...]

MALAZARTE NÃO GOSTA DE REMBRANDT NEM DAS LUZES ARTIFICIAIS do mestre holandês. Ora bolas! eu quero a luz do Sol, que, mesmo sem falar de insolações, produz o mais estranho dos paraísos artificiais, o dia! E Rembrandt já passou. Eu me transformo. Pensas então que ficaria atrás? Qual! Sou modernizante. Não conto mais a história da panela, conto a alegria muscular dos *cowboys* e me fiz empresário cinematográfico. Tanto falaram no *Gabinete do dr. Caligari*[2] que aluguei o filme. Porcaria! Rembrandt legítimo. Mistérios, doenças, nenhuma insolação. Porcaria!

Malazarte não tem razão. Isso acontece às pessoas que pregam teoria. Escravizam-se a ela e o carvalho entesta com as nuvens. Vem um desses tufões. Tomba o carvalho. Por quê? Porque o caniço não tem rama e é flexível. Esta fábula é de La Fontaine. Mas, sem nenhuma intenção pejorativa, digo que é também do Sr. Amadeu Amaral. Carvalho

---

NOTAS DA EDIÇÃO
[1] Crônica publicada em *América Brasileira*, Rio de Janeiro, dezembro de 1923. O texto da crônica, extraído da revista, traz rasuras de MA, acatadas nesta coletânea (Arquivo Mário de Andrade, IEB-USP). A edição do conjunto das *Crônicas de Malazarte* está prevista para 2011.

[2] *O gabinete do dr. Caligari*, filme de Robert Wiene, de 1919.

no Brasil traduz-se por palmeira; e uns nobres versos das *Espumas* contam-lhe o caso. E como cem vezes sem terror ela enfrentou o raio e jamais se curvou, percebe-se que o poeta gosta da palmeira e dá como exemplo a palmeira. Mas estou pensando que o Sr. Amadeu Amaral gosta de caniço também... Há na maturidade que transmonta uma suave, sorridente piedade, que leva certos homens a olhar com olhos de luz melhor a impaciência, os excessos, as pesquisas dos jovens. Ora isto é propriedade do caniço, que sabe a tempo se curvar. Os vendavais passam. De novo em calma os ares, soergue o caniço o hastil e guarda seu legítimo lugar. Nada perdeu, nem foi ridículo. Ora, o Sr. Amaral teve muito do caniço quando escreveu aqueles dois artigos da *Gazeta de Notícias*, sobre os modernistas do Brasil. Isto vem aqui como elogio. Eu já admirava *Espumas* e *Dialeto caipira*. Com os tais artigos minha admiração cresceu. Não há dúvida: o poeta de "Jardim fechado" soube realizar um "Estuário" muito mais inteligente que o de Bilac. Sofrer todo o infinito, universal pesar é belo em decassílabo, mas quase uma ararice. Como se não bastara o meu fígado a reinar, essa que não me quer e o *to-be-or-not-to-be*!... Muito mais que sofrer pelos outros (que é inutilmente perder tempo) vale compreender esses outros. Isto praticou o Sr. Amadeu Amaral na frutífera poesia dos seus artigos. "Frutífera" é o termo. Agora estou a pensar que o nobre acadêmico foi habilíssimo ao traduzir carvalho por palmeira... A palmeira é também flexível e sabe se amoldar à exigência das ventanias. Mesmo se o raio vem: queima-lhe a umbela, mas a estipe fica pelos séculos a gritar: Estou aqui! O carvalho quebrou. Desapareceu. Quando muito sobra uma raiz entre-escondida. Malazarte passa. Dá uma topada. Vira-se indignado. — É uma raiz apenas, Malazarte! Ele gargalha e cospe na raiz: Arara! E segue para adiante seu caminho. Não haverá jamais, neste Brasil, raízes que impeçam as avançadas de Malazarte. Amém.

Malazarte avança, mas erra às vezes. Errou bastante não gostando do *Gabinete do dr. Caligari*. Uma das melhores obras até agora aparecidas no cinema. Representada por um grupo admirável de artistas, que conseguem mover-se em cenários angustos, atinge grande potência de horror e mistério. Tanto mistério e horror... Algum de vocês ri: Misticismo alemão!... Nem tanto assim. Esse gosto do misterioso e de assombros nem é tão alemão assim; e quem melhor o expressou foi um americano.

Para indicar as paisagens e os tipos criados pela imaginativa do louco os encenadores se serviram do expressionismo. Antes: imitaram o expressionismo. A cidade, por exemplo, é um mau arremedo da maneira de Kanoldt. Arremedo ou sinceridade, atingem às vezes grande força de expressão. Numa iluminação extraordinária. Infelizmente: objetiva fixa, anticinemática, sem dinamização fotográfica. Muito de teatro, pouco de cinema. Aí Cendrars teve razão. Mas a primeira das causas que o impediram de gostar do filme é impagável. Diz que o emprego do expressionismo para dar ideia do que pensa um louco desacredita a arte moderna. É verdade: desacredita. Mas se acaso aparecer uma obra-prima, um *Dom Quixote*, por exemplo, ou *Seis personagens à procura de autor* (que a seu modo é um Dom Quixote também, metendo no ridículo o teatro psicológico do séc. 19), se essa obra-prima aparecesse ridicularizando o modernismo, não gostaríamos dela só por isso? Razão sentimental.

Isso traz à baila um dos problemas mais importantes da *modernidade*. Eu justifico o emprego da deformação sistemática, tal como a usam expressionismo, futurismo, etc., para exprimir a fantasia dum louco. Essa utilização se justifica porque tais deformações, sob o ponto de vista vital, são inegavelmente alucinatórias. Vem mesmo daí o mal-entendido, pelo qual os modernistas são chamados de loucos. A objetiva visual jamais nos deu o bandolim fracionado de Picasso ou as confetizações de Severini. Questão de ângulo de vista. O que nós buscamos e vemos numa obra de deformação não é a representação realístico-visual do mundo exterior, senão equilíbrios plásticos de volumes, linhas, cores e sínteses, novas ordenações artísticas, arte pura enfim. As sensações procuradas e obtidas apresentam pois um caráter de inteiro desinteresse, verdadeiramente artístico; e criam a imagem prodigiosamente atrativa duma vida heroica ideal. Mas dessa deformação sistemática nasceu o mal-entendido que separa hoje o palco da plateia. O artista chega e mostra seu quadro ou recita seu verso. Mostra ou diz uma deformação. O espectador, hereditariamente conduzido por séculos de errônea visão e audição, imediatamente compara os cavalos de Brecheret com os favoritos do Clube Derby. Mas Brecheret deformou as pernas dos seus ginetes. Alongou-as, musculou-as em excesso. Produzem assim a sensação pura, artística: síntese de velocidade e força consciente. Brecheret recurvou quase em espiral o larguíssimo pescoço dos seus cavalos. Poderá receber-se pois a sensação pura de graça e bizarria. João Bard quis recitar o "Vento" de Verhaeren e deformou. Fez do corpo uma lufada e fala soprando tais golpes de palavras que quase não se entendem os versos. Quem quisesse receberia uma sensação pura de vento. Que vento? Certo: nem dos nossos alísios nem de brisas flamengas. Deformação que nos conduzirá para platôs heroicos de planetas invisos, ninho de estonteantes éolos, nova rosa dos ventos, síntese de todos os simuns. Mas que foi feito das palavras do poeta e dos tufões de Copacabana? O espectador compara. Não viu seu favorito, nem se lhe crestaram os lábios ao pluvígero noroeste. Que horror! Esta perna está errada e esta dicção falsa! Brecheret e João Bard são loucos! São. Não há dúvida nenhuma. E o palco separou-se da plateia. O palco virou hospício. A plateia viveiro. Viveiro de araras. – Sou arara, mas tenho senso-comum, seu louco!

Malazarte pegou dum bandolim – não do bandolim de João Gris, que não dá sons terrestres – o bandolim de esquina, nobre amigo do farrista. Pegou do bandolim, preludiou e se pôs a cantar uns versos daqueles deliciosos tempos em que Osvaldo de Andrade, Brecheret, Menotti e eu vivíamos numa Cadillac verde:

Eu tenho um orgulho louco
De ser louco-varrido!
....
Quem é louco não canta versos broncos;
Suas ideias têm o gemido
Mais simples e mais vertical!

Eu sou o mais louco dos loucos!
Louco entre loucos, sou Parsifal!

A confusão aumentava. Os espectadores fremiam de raiva. Gritos, insultos, ararices. À saída um senhor lido em Mário Pilo e Guyau, pincenezmente pontificou: Tudo maluquice! *O gabinete do dr. Caligari* é obra dum louco.

Teve razão. E o encenador do filme também. A Musa Cinemática realiza a plástica da vida real com muito mais aproximação que as suas irmãs mais velhas. Eminentemente vital, pois. Tomando como sistema, nessa fita a deformação expressionista conseguiu realizar a sensação desinteressada de loucura e objetivar as ficções alucinadas do louco. Essa a intenção. Alcançou-a. Muito bem.

Malazarte é que não teve razão de detestar o filme. Caçoando ele murmura: Não tenho razão, mas tive senso-comum. E nada mais delicioso que afogar-se na inconsciência transcendental do senso-comum. Imaginem que nisso o meu amigo Graça veio encontrar no Brasil 30 milhões de adeptos precursores!...

Mário de Andrade

O gato e o canário[1]
1928

OS NORTE-AMERICANOS SISTEMATIZARAM MESMO A BOBAGEM SENTIMENTAL nos seus filmes e contra isso não vale mais a pena falar. Os que vão no cinema atualmente com intenção um pouco mais contemplativa que um evidente interesse sexual disfarçado, vão como os napolitanos iam na ópera, ali, pelo século dezoito.

Para ver artistas bons e de vez em longe um efeito inédito ou apenas agradável. Só mesmo as fitas cômicas, pela pândega sistematizada que é o critério delas, inda conservam algum valor desinteressado de arte.

O gato e o canário[2] é ainda um filme de sistematização sentimentaloide, porém, escapou do comum e a gente vê com prazer bem grande. Sob um certo aspecto é mesmo uma obra-prima. Obra de arte inda a gente não o pode chamar. Falta-lhe a base do conceito artístico que está na criação lírica. Mas o que disfarça essa ausência de invenção lírica, de tipos ou de dinâmica desinteressadamente agradável, é a virtuosidade espantosa do filme. Inda não é "arte", não,

---

NOTAS DA EDIÇÃO
[1] Artigo publicado no *Diário Nacional*. São Paulo, 15 de março de 1928.

[2] *O gato e o canário*, filme de Paul Leni, 1927.

porém como "artifício", como técnica para arte-fazer, é extraordinário.

Como arte, além dos caracteres que lhe faltam, ainda tem o defeito grave de ser monocórdico. Percebendo a possibilidade enorme que a cinematografia tem para provocar reações de terror por meio de efeitos de movimento, claro-escuro, disfarce de caracterização, simbologia, o construtor do filme bateu a tecla do "apavorante" de princípio a fim. Fatiga um tanto.

Porém, faz isso com um virtuosismo cinegráfico sem rival, mesmo entre filmes norte-americanos. Porque carece distinguir bem uma cousa. Não discuto que os europeus é que têm inventado mais processos cinegráficos. Porém, toda a invenção deles, todos os processos novos de técnica, são mal realizados. Falta virtuosidade. Falta perfeição na realização. Quem possui tudo isso, são mesmo os norte-americanos.

E então com *O gato e o canário*, acho que refinaram essa virtuosidade. A fotografia é duma nitidez admirável e os movimentos duma exatidão matemática; ver o momento em que Laura La Plante vem sentar junto da mesa rodeada de cadeiras vazias. É perfeito. A carinha dela assustadoramente iluminada assenta com perfeição entre as grades dum espaldar e a simbologia da gaiola, prendendo o canário, surge discreta mas impressionante. E quanto à câmara móvel, então nem se fala os efeitos prodigiosos que Paul Leni consegue sem fatigar jamais a vista da gente.

Por tudo isso acho que, se *O gato e o canário* não atinge propriamente o domínio da arte, é pelo menos uma obra-prima de técnica.

M. de A.

Arte e cinema[1]

1928

DEPOIS DAQUELE ARTIGO EM QUE FALEI QUE *O GATO E O CANÁRIO* se não chegava a ser arte era pelo menos uma obra-prima de técnica, li uma distinção bem-feita por Carlos Lalo entre técnica e ofício. Assim:

O *métier* é a parte material da arte, a prática tradicional e banal que a gente ensina para os principiantes e para os artesãos: mecanismo indispensável, porém, insuficiente, que carece mesmo ultrapassar por causa de ser rígido e se mostrar mal adaptado em cada caso particular. [...]

A técnica é um *métier* vivo, adaptado, em evolução perene, é a consciência integral de todas as relatividades de cada valor artístico, compreendidas as mais sutis que o ofício não pode ensinar porque mudam a cada situação e cada personalidade. [...]

O triunfo do *métier* é virtuosismo, essa acrobacia desinteligente, mecânica e insensível.

Pois eu estou de acordo com Lalo e isso me leva a concertar umas opiniões do outro dia. Eu falei que os europeus

---
NOTA DA EDIÇÃO
[1] Artigo publicado no *Diário Nacional*. São Paulo, 16 de março de 1928.

é que inventavam processos de expressão cinematográfica mas que os norte-americanos, possuidores de mais técnica, pegavam nesses processos e os realizavam bem. Com efeito. Mas carece mudar a palavra "técnica" por "ofício" e daí fica certo.

Isso é importante porque vai justamente provar porque no geral o filme norte-americano sai para fora do domínio da Arte.

Certos filmes europeus, principalmente franceses e italianos, apesar de pavorosos e inaturais, sempre deixam uma impressão de arte na gente. Ao passo que até grandes filmes norte-americanos não. É que a técnica, compreendida como Lalo a compreende, faz parte direta da arte e está além do ofício.

Só nas cousas práticas é que ofício se confunde com arte. A arte do cabeleireiro consiste antes de mais nada em cortar bem o cabelo. A arte culinária consiste principalmente em fazer bem os quitutes.

Em arte essa confusão não é possível. Beethoven escrevia mal para vozes e para piano, porém, possuía aquela técnica verdadeira que tirava o único efeito eficiente e possível, além da boa ortografia musical. Rembrandt é outro caso típico disso. Mais típico ainda é que os parnasianos brasileiros, artesãos magníficos, andaram exaltando Bocage em detrimento de Camões.

É que Camões, o dos sonetos, o das elegias e de alguns passos dos *Lusíadas*, punha de lado o ofício que consiste em não fazer rimas em "ada", porém, possuía uma técnica de só gênio mesmo, sem nada de mais nem de menos, por exemplo no "Alma minha" ou no passo dos nove de Inglaterra.

É isso. Os norte-americanos atingem com *O gato e o canário* a um *métier* enorme de virtuosismo puro. Mas finco o pé: arte ainda não vejo no filme excelente.

M. de A.

*Fausto*¹

1928

O *Fausto*² QUE ESTÃO LEVANDO NOS CINEMAS AGORA NÃO TEM DÚVIDA que é uma obra de arte excelente, gostei bem. Porém, estou mas é matutando no porquê esses filmes admiráveis que fogem da cinegrafia realista, nunca não satisfazem por completo. Diante, por exemplo, de *Lírio partido*³ou do *Pugilista*⁴, que só se utilizaram da realidade, se a gente pode discordar de um ou de outro passo do entrecho, a parte verdadeiramente cinegráfica do filme, encenação, representação, filmagem, satisfaz completamente. É verdade que também na passagem do sonho no *Garoto*⁵ a gente se satisfaz completamente, porém, me parece que é só por causa da comicidade extraordinária que Carlito inventou para essa passagem. Se a ponhamos "metáfora" cinegráfica em geral dá um sentimento de insatisfação, isso não provirá de

---
NOTAS DA EDIÇÃO
[1] Artigo publicado no *Diário Nacional*. São Paulo, 13 de abril de 1928.
[2] *Fausto*, filme de F.W. Murnau, 1926.
[3] *Lírio partido*, filme de D.W. Griffith, 1919.
[4] *O pugilista*, filme de Charles Ray, 1921.
[5] *O garoto* de Charles Chaplin, filme de 1921.

que por mais bem-realizadas que sejam essas cenas irreais, a gente sempre pode imaginar cousa melhor? Como técnica e como criação? Parece-me que sim. Os bichos de *Mundo perdido*[6] eram magníficos de mecânica e também os bonecos do *Jogador de xadrez*[7]; porém, a gente não podia se satisfazer com aquilo por causa de ser possível fazer melhor. Curioso que no geral esta sensação não aparece nas outras artes. Ninguém não se lembra de melhoras possíveis para *Família com macaco* de Picasso ou para *Comédia*.

Ora, o *Fausto* sofre disso. As cenas irreais não satisfazem porque podiam ser mais bem-feitas tecnicamente ou melhoradas como invenção. Dentro dele, por sinal que tão gostosamente fantasiado, tem um compromisso às vezes irritante com a retórica tradicional. Por que agora um arcanjo e um diabo gente, quando eles discutem entre si, puros espíritos? Imagine-se por exemplo só efeitos de luta entre luz e sombra. O que aliás já é metáfora literária, porém, não é empregada ainda. Efeitos puros de formas abstratas em claro-escuro tais como as que empregou Max Ernest num filme recente. Dir-me-ão que esses efeitos não são para o público em geral. Não sei, não. Só sei que são para arte e isso basta para a tese que defendo.

Esse compromisso com a retórica tradicional levou mesmo Jannings ou Murnau a adotar pro Pé-de-pato elegante uma figura mais que sabida e sem veracidade nenhuma. Para que o emprego do Mefistófeles tão diabólico? Foi uma descaída grave na criação do personagem. Tanto mais grave

---

[6] *O mundo perdido*, filme de Harry O. Hoyt, de 1925.

[7] *O jogador de xadrez*, filme de Raymond Bernard, 1927.

que Jannings, na cena em que acode ao chamado de Fausto e o tenta, é absolutamente genial como criação de tipo e dramatização. É mesmo uma das cenas mais inesquecíveis que o cinema deu até agora.

Outro ponto por onde a gente pode comentar este filme excepcional é a realização técnica. As asas fixas do diabo e do arcanjo são pueris. Quanto a *métier*, há falta de *métier* e abuso dele ao mesmo tempo. O emprego por demais, houve abuso de efeitos de vento ao passo que os efeitos de fogo foram esplêndidos. E quanto aos cenários, a repetição de cenários fixos com objetiva imóvel e sempre localizada no mesmo lugar foi excessiva. Mas para falar verdade, esses cenários eram magistrais. A encruzilhada é uma das criações mais expressivas de cenários que já vi.

Enfim, *Fausto* é um filme admirável que é impossível não aplaudir. As falhas que aponto não destroem a magnificência desta obra de arte verdadeira.

M. de A.

História da música[1]
1930

[...]

ESSA HISTÓRIA DO CINEMA FALADO E CANTADO E NÃO-SEI-QUE-MAIS é um problema importantíssimo e complexo por demais pra que eu possa destrinchar num parágrafo de crônica tudo o que ele me faz pensar. Irei tratando aos poucos dele.

Hoje o que está me interessando é o lado tristeza que deu pros cinemas. O grande valor do fonógrafo e da sua vasta parentela contemporânea é ser um instrumento com caráter próprio. Inda um dia destes, não me recordo mais em que revista, eu lia um artigo anunciando que já se tratava de escrever música diretamente ou antes especialmente pra fonógrafo, aproveitando os caracteres essenciais de sonoridade desse aparelho que a maioria considera apenas como um reprodutor de sons alheios. Isso não é verdade. O fonógrafo realiza sonoridades especiais e que ainda podem ser muito mais especificadas se os artistas tratarem disso. Se repare por exemplo quando a gente escuta uma peça pra violino ou pra piano, executada ao fonógrafo. Não tem dúvida que a gente reconhece que os instrumentos realizadores do

NOTA DA EDIÇÃO
[1] Artigo publicado no *Diário Nacional*. São Paulo, 15 de janeiro de 1930.

som registrado são violino e piano, porém atentando bem se percebe que não é violino nem o piano que realizam o som: é o fonógrafo. O fonógrafo tem pois uma sonoridade toda especial, que pode produzir timbres diferentíssimos. Ninguém escutando uma peça pra canto registrada por um fonógrafo dirá que é uma pessoa que está cantando. O timbre é parecido, no caso, com voz humana, porém não é diretamente essa voz.

Portanto o fonógrafo, possuindo técnica própria e que, no caso, é mecânica, e possuindo timbre especial que lhe pertence particularmente, é um instrumento como qualquer outro, passível portanto de adquirir especialização. Músicas pra fonógrafo, como existem músicas pra pianola.

Agora: o importante a verificar é que todo instrumento possui, no seu caráter e também na sua função, uma particularidade essencial que lhe determina a ambiência. Isso é incontestável. Seja por pura questão de preconceito ou não, o certo é que, desde Monteverdi pelo menos, os instrumentos principiaram adquirindo uma espécie de psicologia pessoal, psicologia que lhes determina o ambiente pra funcionar e que, por associação de imagens, provoca em nós a revivência desse ambiente. Não é possível mais negar, por exemplo, o caráter pastoril do corno inglês. Ora, inda mais importante que esse caráter, é a aplicação aos instrumentos do prolóquio "cada macaco no seu galho". Os instrumentos possuem sempre, determinado pelo caráter e possibilidades deles, um ambiente específico, onde ficam melhor. Um piano ao ar livre perde incontestavelmente cinquenta por cento da sua personalidade e da sua função. Ao passo que ao ar livre, de noite, a flauta ganha um poder formidável de comoção e possibilidades. Há instrumentos familiares, há outros que requerem, dentro da ambiência familiar, ora nobreza, ora modéstia de colocação. Um órgão dentro duma casa de família é berrante e aberrante.

O fonógrafo é essencialmente um instrumento de lar. A função específica dele é transportar pra dentro de casa toda a representação (não reprodução) da música universal. É objeto de estudo e de prazer musical, mas, isolado, ele determina o ambiente de estudo ou de prazer pra dentro de casa: casa de estudo ou família. Quando a gente sai de casa pra se divertir, quer e carece de outros prazeres que não os familiares. É certo que os processos modernos aumentaram formidavelmente o poder sonoro da fonografia, mas nem por isso ela perdeu as suas exigências essenciais de ambiência.

E é isso que está causando agora um contraste tão duro dentro das salas de cinema que a sensação da gente é de inenarrável tristeza. A sessão abre. De primeiro eram orquestrinhas detestáveis que tocavam no geral sempre a mesma marchinha ou dobrado de abertura. A peça era detestável, convenho, e detestavelmente executada. Mas era orquestrinha. Cousa característica dos ambientes de divertimento pra fora do lar. A gente se ambientava pois muito bem. Olhava as fitas e na maioria das vezes esquecia a orquestrinha. Sem que por isso, está claro, ela deixasse de agir em nós, e preservar dentro, de todos, a ambiência de prazer público. Eu admito que certas peças sincronizadas ganham bem musicalmente com a sincronização vinda com elas e não são essas fitas que ataco. Mas acho censurável e ataco é os mitras de donos de cinemas que por causa disso dispensaram as orquestras e agora, à guisa de música de cinema, nos impingem discos e mais discos que a gente acabou de escutar em casa mesmo. Isso é que é detestável e não pode continuar assim. O cinema sincronizado não dispensa as orquestras no lugar. Cada macaco no seu galho.

Mário de Andrade

Cinema sincronizado[1]
1930

[...]

A APLICAÇÃO DESSA GRANDE INVENÇÃO DOS NOSSOS DIAS TEM SIDO até agora a mais desilusória possível. O cinema está se tornando absolutamente insuportável. Já não falo nessa confusão de cinema com teatro que é o que mais se vê, mas o próprio emprego da música é detestável. A infinita maioria dos filmes sonoros são horrores. Agora o único assunto que impera é o que trata da realização de revistas. Qualquer assunto em torno de cantor de jaz ou de bailarinas de Broadway. E qual a música que nos dão com isso? Uns romances sentimentais da pior espécie e jaz. Jaz e mais jaz.

Uma pobreza horripilante e monótona de jaz. O que se toca nas salas de espera e nos intervalos dos filmes? Jaz. Em todos os filmes? Jaz. Eu adoro o jaz e sei que ele criou novos efeitos orquestrais importantíssimos na evolução da música moderna. Sei mais que, como toda e qualquer música popular urbana, ele é duma irregularidade artística humilde, conseguindo no entanto apresentar, quando senão quando, obras-primas admiráveis. Mas assim quotidiano,

---
NOTAS DA EDIÇÃO
[1] Artigo publicado no *Diário Nacional*. São Paulo, 29 de janeiro de 1930. MA traçou rasuras em recorte do jornal, por ele conservado, rasuras que esta versão incorporou.

de toda hora, é que a gente percebe como, no meio da sua riqueza rítmica e sinfônica, o jaz é paupérrimo. Todos os efeitos dele são por demais salientes, ficam impressionando definitivamente a memória, de forma que a repetição de qualquer um fatiga a ponto de se tornar obsessão. Jaz assim é horrível.

O cinema sonoro já conseguiu realizar obras-primas porém não imaginem que vou citar *O pagão*[2]. As obras-primas do cinema sonoro são esses filmezinhos de abertura das sessões. São esses desenhos animados a que a música interpreta com efeitos cômicos. A comicidade é mesmo a parte mais saliente da criação artística da nossa época. Toda a série do gato, por exemplo, está formando um colar de filmezinhos admiráveis. E então a *Dança macabra*[3] levada ultimamente no Rosário, isso é uma obra-prima perfeita, coisa das mais perfeitas que o cinema inventou até agora. A qualidade do desenho, a invenção das atitudes, o a propósito dos efeitos musicais, das paródias de Grieg e outros compositores, a aplicação perfeita do jaz a isso, dão ao filme uma qualidade artística ótima. Essas são as obras-primas do cinema sonoro. Tudo o mais pode de vez em longe apresentar um efeito excelente, uma qualidade nova, porém ou não passa de tentativa, ou é confusão, monotonia e cultivo da banalidade.

Mário de Andrade

---

[2] *O pagão*, filme de W. S. Van Dyke, 1929.

[3] *A dança macabra*, desenho animado de Walt Disney, 1929.

Filmes de guerra[1]
1932

Outro dia me falava alguém que chegou da Europa via França, e observa o âmago das coisas, que em qualquer parte da Europa a gente sente a guerra. É inútil aos escritores estarem fazendo zumbaias de aproximação, e recitando palavras bonitas de paz: a guerra, a próxima guerra, uma espécie de guerra-vício já, resultado da que passou, está vizinha e ansiosa por debaixo das discurseiras e das recordações de horror. Parece que o resultado psicológico mais importante dos quatro anos de guerra que passaram foi deixar nos homens uma vontade macota de vadiar. Não trabalhar, não ter que ganhar dinheiro, e principalmente não ter que arranjar de qualquer forma o seu próprio sustento e o da família: esse foi o convite principal deixado despudoradamente nas populações que andaram se guerreando. E o único jeito da gente viver em férias e aventura permanente, o único jeito do Estado sustentar a gente, é se estar em guerra... Aliás isso já foi observado e escrito por muitos. E, pois que o ódio não se acabou, ódio ajudando, um desejo de guerra paira sobre o mundo, um desejo talvez horrorizado de si, que não tem coragem pra se confessar.

NOTAS DA EDIÇÃO
[1] Artigo publicado no *Diário Nacional*. São Paulo, 6 de março de 1932.

E quatorze anos são passados que a guerra já se acabou, mas os filmes que a contam, que a repisam, que insistem nela e normalizam o sentimento de beligerância na humanidade, continuam por aí. São dos que mais fazem casa, toda a gente vai ver; neles as fábricas não poupam gastos e convidam seus artistas visivelmente pra arrostarem perigos e a sujeira. Todas as sujeiras físicas e morais. Com toda essa literatura e cinegrafia da guerra, o horror da guerra e por ela se tornou exclusivamente artístico. Nós nos acostumamos a falar que "a guerra é um horror" sem botar mais propriamente nenhum sentido consciente na frase. A frase se tornou uma espécie de idiotismo linguístico, que todos repetem sem pôr reparo na bobagem que estão falando. Se fosse isso apenas ainda podia se aturar, mas a frase que afirma "a guerra é um horror" se tornou mais desvitalizada, mais desumana que qualquer frase feita: é um verso. É um lindo verso-de-ouro, que toda a gente repete com volúpia só pra mostrar que conhece um bocado de literatura e de arte em geral. E enquanto a humanidade inteirinha versifica artisticamente em ritmo de marcha "A guerra é um horror!": a outra guerra, a guerra verdadeira e não artística, a guerra patriotada, a guerra vadiagem, a guerra desumana, gatunice, capitalismo e momento mais significativo da desigualdade dos homens, se torna permanente em nós, uma normalidade quotidiana, perfeitamente legítima e aceitável, alindada pela música sussurrada de que "a guerra é um horror". Puxa, que humanidade!

Mas de toda essa filmaria sobre a guerra, é indiscutível que duas obras escapam da vulgaridade, e da grandiosidade apenas de encenação: o *Nada de novo*[2], e este *Guerra*[3] que estão levando agora. Não sei qual preferir: são dois filmes enormemente iguais que se distinguem formidavelmente. Cada qual se dirige para um dos dois polos opostos da estética do cinema. O *Nada de novo*, como o livro que o inspirou, nos dava da guerra uma visão deformada, artística, em que a realidade nos parecia mais verdadeira porque era, por assim dizer, translata, correspondendo àquela imagem que nós temos da guerra. Comovia muito, a violência dele era mais chocante; e o filme se aproveitava psicologicamente do enfraquecimento conseguido em nós pela comoção, pra se inculcar como a própria verdade.

Este *Guerra* que estão passando agora nos cinemas de S. Paulo, tem uma estética oposta. A cinegrafia é de fato de todas as artes a que mais aproximadamente pode reproduzir a realidade. *Guerra* é um filme ingenuamente honesto. Se percebe que ele procurou honestamente reproduzir a realidade. A gente se esquece de arte e de cinema ao vê-lo. Só se lembra disso quando surge raro alguma cena mais... não posso dizer violenta porque o filme inteirinho é violentíssimo; mais aberrante do ramerrão quotidiano. E temos que não esquecer que verifiquei no princípio que a guerra já se tornou uma normalidade do nosso ramerrão quotidiano. Assim, quando aquele tenente enlouquece no campo de batalha e faz continência gritando "Às ordens!" pra uma invisível Sua Majestade, a cena choca demais. É um verso--de-ouro falso e a gente se lembra que está no cinema e

---

[2] *Nada de novo no front*, filme de Lewis Milestone, 1930.

[3] *Guerra, flagelo de Deus*, filme de G.W. Pabst, 1930.

meio que sofre de não estar (comodamente) tomando parte na guerra.

E quando a luz se faz, os homens se entrefitam cínicos, e partem, tanto acendendo o cigarro como reconhecendo que "a guerra é um horror"...

Mário de Andrade

Os monstros do homem — I[1]
1932

AGORA O CINEMA DEU PARA CRIAR MONSTROS, E, DEPOIS duns macacos e outras invenções sumamente idiotas, precárias como monstruosidade, risíveis mesmo, voltou àquela orientação mais legítima de Lon Chaney, que criava com o seu próprio corpo seres monstruosos. Filosoficamente isso me leva a reparar que se Deus, criando à sua imagem e semelhança, fez a alma; o homem, quando cria à sua imagem e semelhança, faz... monstros. Mas deixemos de filosofia e matutemos sobre os monstros da tela.

Também fui ver *Frankenstein*[2] que segue a orientação de Lon Chaney, e muito embora considere Boris Karloff superior como artista em *Sede de escândalo*[3], confesso que a criação dele em *Frankenstein* por momentos me atormentou bem. Chega a ser o que chamamos em geral de "horroroso". Tem passos no filme em que a gente se abala mesmo e carece reprimir certos movimentos reflexos. Aliás a própria

---

NOTAS DA EDIÇÃO
[1] Artigo publicado no *Diário Nacional*. São Paulo, 15 de maio de 1932. As rasuras deixadas por Mário de Andrade no texto, que recortou do jornal, foram acolhidas na presente versão.

[2] *Frankenstein*, filme de James Whale, 1931.

[3] *Sede de escândalo*, de Mervyn LeRoy, 1931.

facilidade pra caçoada, a hilaridade fácil barulhentamente demonstrada sem razão pelo público, demonstra bem que todos estavam num mal-estar danado.

É engraçado a gente verificar que pra criar monstros que abalem de verdade o espectador, o cinema (e o teatro...) são muito mais eficazes que a literatura. Mas isso em máxima parte vem duma confusão curiosa, provinda logicamente daquelas serem artes representativas, objetivas por assim dizer, visuais. Não estou falando de atitudes e de ações que nos causem horror, porque nisso a literatura se equipara com as outras duas artes citadas, falo é no poder de criar uma entidade tão contrastante do normal que a gente pode chamá-la de "monstro".

Nós geralmente imaginamos que o monstro produz na gente um sentimento de horror. Conceitualmente isso pode estar certo, porém, se verificarmos com exatidão o sentimento que nos causam os monstros da tela e do teatro, a gente percebe logo que o que sentimos não é horror propriamente mas asco porém. Nisso está o segredo do problema. O que estamos enxergando nos causa um sentimento violentíssimo, que pela sua própria violência permite a confusão entre horror e asco. A repugnância é tão intensa que a gente fica... horrorizado.

Se observe, por exemplo, o caso da barata. O monstro e a barata são igualmente asquerosos. Qualquer pessoa que sinta pela barata a repugnância que eu sinto há de compreender muito bem o que estou falando. Diante duma barata todo o meu ser se confrange numa revolta, numa fuga incontestável, que me deixa literalmente horrorizado.

A barata é o único acontecimento deste mundo que quase me força a dar razão a William James, quando afirma que os sentimentos são puros reflexos do corpo.

Ora, o teatro e o cinema, por se servirem da vista em movimento, são de fato as únicas artes que conseguem nos despertar asco por alguma entidade monstruosa. E consequentemente a noção de horror. E quando o escritor procura tornar repugnante um monstro descrito ou ideado por ele e se serve de elementos asquerosos na descrição, como a gente não enxerga o monstro, mas a... literatura, o escritor é que se torna asqueroso e horrível, não o monstro que ele descreveu.

Voltando ao problema da barata, sucede muitas vezes que a gente, embora horrorizado com o possivelmente ingênuo bichinho, faz um gesto que é de legítimo heroísmo: mata ele. Tudo se acalma, e a gente consegue raciocinar que a barata não é tão horrível assim. Pois a mesma decepção que a barata nos dá quando raciocinada, também nos dão os monstros da tela. A gente percebe que esperava mais, e que eles nem são tão horríveis assim. Escutei mesmo, na saída de *Frankenstein*, um indivíduo comentando com a família que imaginara o monstro mais monstruoso.

Efetivamente todos os monstros criados voluntariamente pelo homem são muito decepcionantes. Só são de deveras horríveis os monstros que o homem cria em sonho, ou melhor, em pesadelo. Isso é curioso. Mas serão estes monstros de pesadelo verdadeiramente horríveis? Absolutamente não. Quando a gente acorda dum pesadelo, quer tenha monstro nele, quer ele seja alguma deformação monstruosa da vida, a gente se percebe alagado de terror. A coisa aterrorizou mesmo de fato. Mas se a gente inda está em tempo de evocar a figura ou o caso que nos aterrorizou tanto em pesadelo, percebe que até na vida real já passou por coisas mais terríveis, mais repugnantes, e não ficou no mesmo horror. É que a causa do pesadelo não é assunto do sonho e sim a angústia fisiológica em que estamos. O monstro, o fenômeno aparecidos em pesadelo não são a causa da angústia, a angústia é que produz as monstruosidades sonhadas, as quais provocam em nós um sentimento de terror. Enfim: o pesadelo é uma coisa aterrorizante por si mesmo; é a predisposição ao terror que torna medonhos os monstros dum pesadelo. Na verdade nenhuma das entidades criadas liricamente pelo homem, quer na arte, quer no sonho, é de fato monstruosa e por isso, horrível. Só a vida real, os atos praticados pelo homem na realização dos seus interesses, nos proporcionam o verdadeiro horror.

Mário de Andrade

Caras[1]
1934

CHARLES CHAPLIN COMPÔS UMA CARA DECIDIDAMENTE CARICATURAL e apesar disso bonita como arte. O que há de mais admirável na criação da cara de Carlito é que todo o efeito dela é produzido pela máquina cinematográfica. Charles Chaplin conseguiu lhe dar uma qualidade anticinegráfica, a que faltam enormemente as sombras e principalmente os planos. E é por isso em principal que a cara dele é cômica em si, contrastando violentamente com os outros rostos que aparecem na tela, e que a gente percebe como rostos da vida real.

Não falo que a cara composta por Chaplin não seja fotogênica não, pelo contrário, é fotogeniquíssima. Mas é voluntariamente anticinegráfica, por isso que dá a sensação dum homem real com cara de desenho parado, no meio de homens igualmente reais com caras em movimento, de gente mesmo. Aliás Harry Langdon também conseguiu isso, indo no passo de Carlito... E imaginando nos palhaços, parece à primeira vista que essa genial criação de Charles Chaplin é fácil... Não é, porque palhaço dá impressão de fantasia, de

---

NOTA DA EDIÇÃO
[1]Artigo publicado em *Espírito Novo*, n° 1. Rio de Janeiro, janeiro de 1934. A presente coletânea acatou a versão datiloscrita e rasurada pelo escritor (Arquivo Mário de Andrade, IEB-USP).

engraçado por absurdo. Atrás do palhaço é que está o ser que finge de palhaço, nós sentimos isso e não perdemos um segundo de com-sentir isso. Ao passo que a gente não pode se interessar, quero dizer, não sente, ao lado da sensação imediata, não com-sente que atrás do personagem Carlito esteja o homem Charles Chaplin que finge de Carlito. A verdade percebida é dum ente só, Carlito ou Charles Chaplin pouco importa, que tem em si uma cara de desenho. E a cara de desenho em corpo de homem é que causa o cômico (sem absurdo) extraordinariamente divertido e íntimo. E ao mesmo tempo profundamente trágico, por causa da noção de anormalidade que carrega consigo.

A prova de que o cômico da cara de Carlito é sem absurdo, está em que nós identificamos intimamente com ela o homem Charles Chaplin. O retrato real deste, por mais que a gente simpatize com ele (por amarmos Carlito...), nos causa sempre um certo mal-estar. Nos sentimos roubados, ou mistificados, porque pra nós o rosto de Chaplin é a cara de Carlito. Ao passo que contemplando os rostos reais de Piolim ou de Buster Keaton, ou a gente reconhece apenas, ou tem aquela curiosidade vagamente simpatizante, vagamente indiferente que é o desejo quotidiano de saber.

A inferioridade de Buster Keaton principia na criação da cara. Ele se utiliza duma cara *d'après nature*, o que me parece defeito grave. Tem dois cinemas: o cinema como criação, isto é, o cinema-arte, e o cinema como sensualidade, isto é, o cinema-comércio. Carlito, a gente constata, é bonito. Harry Langdon é feio. Mas nem este feio ou aquele bonito nos aproxima ou afasta interessadamente. Só servem de objeto de contemplação. Auxiliam o cômico. *São elementos estéticos.* Buster Keaton a gente constata, é feio. Mas logo se é levado a acrescentar: feio mas simpático. O feio dele nos aproxima de Buster Keaton. Nós gostamos dele interessadamente, com aquele prazer que temos na vida em nos aproximarmos duma pessoa simpática. É um feio pois, que já não pertence propriamente ao domínio da contemplação estética. A cara de Buster Keaton desauxilia o cômico. Até o prejudica. É uma cara de cinema-comércio.

Tem um elemento exclusivamente estético nela, a imobilidade. Mas este elemento, que não se pode contestar seja do domínio do cômico, além de prejudicar bastante a expressividade das personagens encarnadas por Buster Keaton (no que ele se mostra muito inferior a Haiacava, que foi esplendidamente expressivo dentro da imobilidade facial...), além de prejudicar a expressividade, é um elemento exterior, ajuntado. Não faz parte da estrutura da cara, não vem da carcaça óssea, não vem da carne, da epiderme. E não vem muito menos da máquina cinematográfica. Não é um elemento plástico. É um elemento de ordem psicológica, ajuntado à estrutura da cara, pra lhe dar interesse de comicidade. Dá interesse, produz comicidade. Mas é sempre uma superfetação.

Mário de Andrade

O grande ditador[1]
1942

Esta vez que acabo de assistir a O GRANDE DITADOR[2], meu espírito está perturbado por preocupações que já quase nada têm a ver com a beleza do filme. Não há dúvida nenhuma que Charles Chaplin produziu mais uma obra grandiosíssima. Talvez, e é justamente isto que me perturba, pelo que eu entendo do assunto, uma das obras mais "estéticas" que o cinema já produziu. Os recursos da cinematografia sonora foram aproveitados com um acerto quase miraculoso e variedade esplêndida. Custa imaginar que se possa possuir habilidade técnica maior.

O filme é construído numa espécie de contraponto a duas vozes, um legítimo "organum" gótico, cujas linhas paralelas e dissonantes, as vidas do ditador e do seu sósia judeu, têm o antagonismo das quintas medievais. E, como no organo as duas vidas se fundem no final, para terminarem num uníssono satisfatório, em que Charles Chaplin cantou o triunfo da verdade. Da "sua" verdade.

NOTAS DA EDIÇÃO
[1] Artigo nos *Diários Associados*. São Paulo, 10 de junho de 1942. Foram assimiladas as rasuras deixadas por MA em seu texto no recorte do jornal (exemplar de trabalho).

[2] *O grande ditador*, de Charles Chaplin, 1940.

Não haverá nada de originalíssimo nesta concepção. O que entusiasma é observar a certeza com que a fotografia fortifica de maneira expressiva essa dissonância: luminosamente nítida, cruel, ditatorial quando maltrata o ditador, mas morna, empalidecida, subnutrida, como que com falta de ar nas cenas do gueto. Parece que a própria fotografia sofre mansinho, acostumada a sofrer. E no final não tanto pela beleza da paisagem e dos atores, o grande artista, na expressão do lar rural e duma felicidade por vir, obtém um ritmo cinemático de uma força quase estrompante, quando faz suceder à mulher se erguendo, a visão mais larga do lar, e acaba brusco com o rosto magnificamente expressivo de Paulette Goddard. Destes achados de pura, da mais estrita cinematografia o filme está cheio.

Cheio demais? Carlito não abandona a sua natureza de inglês. Há em todo o filme uma tal sensibilidade miniaturística de invenção e composição, que é impossível admirar *O grande ditador* numa única vez. Chaplin descende em linha reta do miniaturismo psicológico inglês, que fez os bordados femininos medievais e do Chippandale, os mais perfeitos da Europa; que fez os aranhiços de pedra ou de madeira dos tetos das catedrais góticas e dos *halls* do Tudor; que fez esse miniaturismo moral do *humour*; que fez as fábricas e os agenciamentos do jardim "anglo-chinês". E que fez principalmente os miniaturistas do retrato pintado no marfim colonial, os Hilliard, os Peter Oliver, os John Smart, os Samuel Cooper incomparáveis, universalmente reconhecidos como os maiores miniaturistas do mundo.

Este miniaturismo persiste inato na natureza criadora de Charles Chaplin, e creio que o prejudica um bocado nos seus filmes de metragem longa. Quem nunca se lembraria de gastar na crítica dos costumes todo um grupo de telas a óleo em série? Os pintores, quando criticaram, se o fizeram na tela deram a cada assunto um quadro só, como Daumier. Quando quiseram criticar em série se condicionaram às proporções mais propícias e de maior alcance popular da gravura, como Goya. Só mesmo a minuciosidade da paciência inglesa faria Hogarth compor uma crítica de costumes em toda uma série de telas a óleo, como nos *Casamentos de agora*. Chaplin, especialmente no *O grande ditador*, parece derivar dessa concepção miniaturística de Hogarth.

Ele ainda conserva nos seus filmes grandes o preciosismo detalhador e conclusivo dos seus filmes menores. E não só por vezes temos a impressão de um rosário de filmes que se bastam a si mesmos, hogartianamente reunidos em série (para o que Gilda de Morais Rocha me chamou a atenção), como nos vemos envolvidos num alucinante redemoinho de detalhes. Em tal miniaturismo de precisão e invenções milionárias, Charles Chaplin esperdiça um bocado o espírito conceptivo de alguns dos seus filmes de longa metragem. Com efeito, às vezes os seus painéis mais dramáticos se transformam assim num rendilhado itinerante de símbolos, que lhes enfraquece e dispersa a força simples da lição. Já era bem o caso de *City Lights*[3] e se acentua neste *Grande ditador*.

---

[3] *Luzes da cidade*, filme de Charles Chaplin, 1931.

É certo que Charles Chaplin compreende como raros a eficiência coletiva e a qualidade social do cinema. É certo que ele sabe perfeitamente delimitar as verdades, tornando-as elementares, verdades de cores simples mais aptas a tingir as multidões. Mas o que eu me pergunto apreensivo é se, dentro dessa compreensão social tão exatamente conceituada do cinema, Charles Chaplin, excessivamente "estético" em sua personalidade genial, é realmente uma arte do presente ou do passado? Ele consegue de fato apontar um futuro, ou revela antes um espírito fim de século de decadência?...

Por que, justamente agora, Charles Chaplin se judaíza tão intempestivamente? O filme, o tema do *Grande ditador* tangencia em excesso para uma defesa dos israelitas, para quase uma propaganda sionista quando o problema da ditadura é uma lepra universal que afeta a todos nós. Não nos interessa, minimamente no caso, lembrar que Chaplin é judeu e que os israelitas estão sendo perseguidos na Alemanha. O problema é muito maior que isso. Se a isso se resumisse, nos bastaria acolher os judeus em nossas pátrias, como Copacabana já fez. E a lição do filme se resumiria ao exercício simplório de uma virtude cristã.

E no discurso final, por que Charles Chaplin abandona a personalidade de Carlito, para nos surgir pastoralmente na personalidade de Charles Chaplin? Não será isso uma vaidade oitocentista? Uma saudade do século das luzes que acreditou demais em si mesmo?... Carlito não careceu de Charles Chaplin para nos umedecer os olhos e nos convencer na *Vida de cão*[4], no *Garoto*[5], nas *Luzes da cidade*. Carlito é a humanidade, somos nós todos. Charles Chaplin não passa de um indivíduo. Não tem dúvida que uma comoção errada e sentimental agarra a gente na estupenda transformação fisionômica com que, diante dos microfones, vemos aos poucos que Carlito desaparece e é Charles Chaplin que pela primeira vez está diante de nós. Mas se fosse Carlito a falar com a sua humanidade imensa, em vez de um orador mais ou menos demagógico, nós estaríamos nos confessando a nós mesmos. E eu creio que a verdade ficava então em nós como conclusão mais nossa.

Não é tudo, e eu compreendo porque Charles Chaplin careceu abandonar no fim a humanidade de Carlito, pra assumir o individualismo de Charles Chaplin. É que por mais que nos comova o judeu sósia do ditador, por mais que nos lembremos do significado político do filme, este ainda é o riso, ainda é a gargalhada, ainda é o passado, porque, como já falei noutro lugar, "os que realmente apontam o futuro não sabem rir".

Esse é o engano conceptivo principal do *Grande ditador*. O filme se tornou uma assuada, uma vaia formidável, sem alcançar aquela força dinâmica do drama de certos outros filmes de Carlito. Em vez da crítica destruidora, uma história inverossímil, gargalhadíssima, totalmente não-me-importista, com a qual, diante de um dos maiores problemas que nunca afrontaram a humanidade, nós nos satisfazemos em rir. Quando nosso dever é destruir. Destruir Hitler, des-

---

[4] *Vida de cachorro*, filme de Charles Chaplin, 1918.

[5] *O garoto*, de Charles Chaplin, 1921.

truir o nazismo, destruir todos esses totalitarismos que preferem o individualismo da máquina estatal a isso que somos todos — Carlitos em busca de uma distribuição mais humana das desgraças e felicidades do mundo.

Por isso, porque riu demais, Carlito foi obrigado a ceder a tribuna a Charles Chaplin. Mas Chaplin ainda é um homem do passado, e estourou com um discurso que tem todas as aparências de uma apologia. Do futuro? Absolutamente não: do passado. Na verdade o que Charles Chaplin nos ofereceu foi um *statu quo* cem por cento vitoriano. E isto não deve mais nos moralizar numa ação. Não é um ideal.

Mário de Andrade

Fantasia de Walt Disney[1]
1941 [1943]

I

Fantasia[2] É UMA OBRA-PRIMA? ESTOU CONVENCIDO QUE não, e os seus defeitos são enormes. Mas, pelo que contém de invenção genial, por seus problemas e pelas suas realizações técnicas, é mais que provável se torne uma obra clássica do cinema.

Não há nenhuma originalidade em seu princípio conceptivo: um desenho animado baseado numa composição musical escolhida preliminarmente. Mas, se o princípio é exato e mais que experimentado anteriormente, a composição do filme me parece defeituosa: uma série de criações desligadas entre si e sem a menor unidade conceptiva, nem musical, nem descritiva, nem espiritual. E o "estilo" do desenho colorido de Walt Disney foi insuficiente para ligar as diversas peças de *Fantasia* numa unidade de qualquer forma indiscutível. Tanto mais que o grande artista por vários momentos, e aliás com esplêndido poder criador, abandonou o seu estilo e os seus climas psicológicos, e se serviu de múltiplas possibilidades do desenho, até da abstração purista.

NOTAS DA EDIÇÃO
[1] Ensaio publicado no *Diário de S. Paulo*, em 9 e 12 de setembro de 1941; e em outubro do mesmo ano, na revista paulistana *Clima*, n° 5. Em 1943 foi incluído no livro *O baile das quatro artes*.

[2] *Fantasia*, de Walt Disney, de 1940.

Numa das partes mais irritantemente banais, como concepção, a antítese do Mal e do Bem (Mussórgsqui e Schubert), Walt Disney faz a transição entre os dois princípios da vida, por meio de um pequeno interlúdio, provavelmente da autoria de Stocóvsqui: este interlúdio permite, desenhisticamente, uma ligação graduada entre os dois ambientes expressivos. É mais agradável, porventura, e não obriga o espectador a quebras muito forçadas de estado de sensibilidade.

Em todas as outras vezes, Walt Disney preferiu separar uma peça de outra, por uma espécie de refrão musical-cinematográfico: a visão realista em branco e preto, com efeitos coloridos, da orquestra se afinando e seu regente. Este processo me parece mais lógico, cinegraficamente, ou pelo menos mais leal. Mas, não tem sombra de invenção nele. É a transposição para o cinema de um processo bastante usado, desde o Romantismo, na música pertencente à formalística da "Suíte", quando Schumann e principalmente Mussórgsqui, com o "Passeio" dos seus *Quadros de uma exposição*, o sistematizaram. Aliás, a própria ideia da afinação instrumental é exatamente o refrão que liga as diversas partes da suíte pra quarteto de cordas *Rispetti e Strambotti* de Malipiero.

Aqui, um problema interfere no que venho examinando: qual seria exatamente a colaboração de Stocóvsqui para a concepção total de *Fantasia*? Não há dúvida nenhuma que Walt Disney provou possuir extraordinária musicalidade e mesmo bons conhecimentos musicais, porém, esta quase repetição da ideia de Malipiero, autor sem grande voga, numa das suas peças menos popularmente ouvidas, por ser quarteto, não me parece derivar dos conhecimentos musicais do desenhista, mas do músico, que posso jurar, conhece muito o quarteto de Malipiero. E outra vez em que ainda julgo ver o mau dedo de Stocóvsqui, é na antítese do Bem e do Mal, única e discrepante parte, em que Walt Disney abandona seus processos pessoais de compreender a música e sobre ela criar livremente, pra se entregar a um associativismo puramente sentimental, de estreito sentimentalismo.

A fraqueza do estribilho ligador das peças é incontestável. A sua repetição não só fatiga, mas irrita; nem me parece que Walt Disney tenha feito esforços suficientes para lhe dar variedade. Aliás esta mesma pobreza já transparecia fortemente no refrão dos *Rispetti e Strambotti*. Só quem realmente conseguiu alguma coisa perfeita, neste processo de um refrão ligador das partes de uma suíte, foi Mussórgsqui, por ter escolhido livremente um tema rítmico-melódico com possibilidades bastantes de variação. Ainda há mais: o defeito insanável do estribilho de Walt Disney é que ele é exclusivamente musical. Nele a música não é mais uma arte "concertante", pra me utilizar da terminologia musical, mas domina em absoluto. Estamos em plena... ópera: a cinematografia se tornou escrava da música.

Ora, justamente a grande "invenção" de *Fantasia*, afirmação talvez mais impressionante da genialidade de Walt Disney, está nas diversas maneiras com que ele soube unir desenho e música, indo às mais diversas solicitações visuais e sugestivas dela. Nenhuma teoria o prendeu. A sua liberdade é alucinante. E pra muitos escandalosa... Não teve a menor pretensão de traduzir em plástica animada o pseudossentido das músicas, arrombou quaisquer preconceitos e doutrinações teóricas, preso e livre, extraordinariamente preso e livre. É de ver, por exemplo, em pleno domínio da abstração plástica (Bach), ao chegar a uma das últimas cadências em recitativo da peça musical, aquele caixão de defunto, se pondo a andar pela galeria misteriosa. Não é possível maior liberdade criadora. A lógica fácil seria perseverar na unidade das abstrações. Mas o caixão estoura em nosso estado de puro encantamento plástico e nos arroja de repente às aparências mais dolorosas, mais inaceitáveis da vida: é uma invenção genial.

Essa a maior lição estética do filme. A música possui formidável poder sugestivo, mas a sua sugestividade é incontrolável. Se na fuga, Walt Disney baila em formas puras, na *Pastoral*, se libertará magnificamente do "programa" fixado por Beethoven, pra inventar um idílio absurdo, com Grécia e mitologias. Não estou verificando agora o valor desta parte, estou apenas mostrando a liberdade exatíssima com que Walt Disney se isentou de certas pretensões ridículas, não da música exatamente, mas de musicoides vaidosos, e de certos preconceitos estéticos. Outro passo admirável, como interpretação criadora, é o *Feiticeiro aprendiz*, com o rondó de Paul Dukas. Aqui Walt Disney aceita a linha exterior da história mítica multimilenar, o aprendiz de feiticeiro que aprende a animar os espíritos e não sabe, depois, como fazê-los voltar à imobilidade. Mas é só. E em vez dos inumeráveis espíritos turbilhonantes que, conforme o mito, acabariam matando o nosso querido Mickey

Mouse, a formidável veia humorística (mais satírica aliás que humorística) de Walt Disney cria uma das suas enormes historietas.

Mas cabe reconhecer que tudo isto é lição, lição apenas. Podemos teorizar à vontade, o que importa não é teorizar, mas se impor pela força criadora. E isto Walt Disney consegue plenamente, em todos os momentos em que usou da sua liberdade, obedecendo apenas às imposições dinâmicas que a música fornece. Daí a prodigiosa *identidade* de partes como a Fuga de Bach, o *Quebra-nozes* de Tschaicóvsqui, o sr. Som, a *Dança das horas* e também o *Feiticeiro aprendiz*. Agora nem a música prevalece sobre o cinema, nem este sobre ela. O equilíbrio é conseguido. Mas é que em vez de traduzir por formas plásticas irredutíveis, a temática, a melódica das peças que interpretava, Walt Disney apenas se deixou sugestionar pelo ambiente psíquico--dinâmico geral delas (tristeza, alegria, calma, violência), pelos ritmos e pelo timbre. Aquele erro grave da *Segunda rapsódia húngara*[3], em que cada tema era fatalmente traduzido por uma forma plástica só, bolas, riscos, Walt Disney evitou com esplêndida plasticidade. Em vez, na *Fuga em ré menor*, não os temas, mas os ritmos e especialmente os timbres é que levam àquela deslumbrante cascata de formas luminosas que chegam a tontear a gente, de tamanha riqueza e beleza de invenção.

Na realização do seu filme Walt Disney não conseguiu infelizmente manifestar aquela mesma unidade de criação

---

[3] Mário refere-se, provavelmente, a *An Optical Poem*, visualização de Oskar Fischinger, de 1937, para a obra de Liszt.

de muitas das suas obras menores. Aliás já desde *Branca de Neve*[4] esse desequilíbrio se manifestara. E temos um problema novo. Se, no seu gênero, Walt Disney alcançou a mesma grandeza de Carlito no dele, parece que o abuso de desumanidade, tão específico do desenho animado, pela sua própria violência, excessivamente condimentada, de desrespeito à realidade, impede a criação de obras longas. Imagine-se uma fábula de La Fontaine com mil versos!... Carlito, como Rabelais, como Giotto nos painéis franciscanos, usando a maior irrealidade, podem nos conservar dentro do sentido trágico da vida. Já não me parece possível o conservassem La Fontaine, o Schumann do *Carnaval*, o Hoffmann e o Poe dos contos, se desenvolvessem os seus temas, até grandes proporções. E o mesmo, creio, esta mesma condição estética, está implicada no desenho animado. De tal jeito ele é violento, de tal jeito ele arromba o que Couto de Barros, numa página admirável, chamou de "limite existencial das coisas", que o seu prolongamento a proporções agigantadas, em vez de convencer, fatiga pelo deslocamento que exige, e desilude pela falsificação que lhe é inerente. Não se pode dar quinhentas páginas a um conto, duas horas a uma valsa, ou o afresco de uma parede de dez metros a uma natureza-morta.

Me parece que o desenho animado participa desta condição de miniaturismo de certos gêneros de arte. Embora *Fantasia*, pela sua forma de suíte, possa disfarçar mais a fraqueza das *longueurs* tão evidentes em *Branca de Neve*, é incontestável que apresenta quedas e quebras de criação que a

---

[4] *Branca de Neve e os sete anões*, filme de Walt Disney, 1937.

tornam muito imperfeita. Na verdade não se trata de um filme. São vários filmes ligados por impostura.

Digo "impostura" sem a menor intenção de ofender Walt Disney, nem esse Stocóvsqui, que hoje está na moda achincalhar. Desconfio que Walt Disney foi o primeiro a ser... imposturado. A impostura vem das condições do cinema, que ainda não conseguiu (o conseguirá nunca?...) dividir em arte e comércio, com franqueza. Foram exigências não artísticas, que levaram ao encompridamento de *Fantasia*. Foram exigências antiartísticas que levaram à parte do Bem e do Mal, tão cara a certas mães de família, aliás tão humanas cada uma delas como Dante ou o Itatiáia. Foram exigências comerciais que levaram ao absurdo econômico do cinema, arte de todos, arte contemporânea das coletividades, cobrar dez mil-réis pra assistir *Fantasia*. Quem pode gastar dez mil-réis pra ver *Fantasia*? Ópera. É o tenor Fulano com o soprano sra. dona Fulana, questão de oferta e de procura, que fazem o teatro como o cinema (artes coletivas por excelência) inacessíveis às coletividades, ora bolas! No entanto, até como realização musical (não entendo de técnica do cinema) a orquestra sinfônica de *Fantasia* é uma maravilha de verdade sonora. Convence mais que o disco, e é a oferta mais coletiva de música que a máquina já realizou. Mas, sr. Mickey Mouse, dormindo porque arranjou quem trabalhe pra ele, só quem tem dez mil-réis sobrando pode ver *Fantasia*! Pois viva a Feira de Amostras!

II

Por certo *Fantasia* não é uma obra-prima que se possa admirar em sua totalidade, mas não é menos certo que apresenta alguns dos momentos mais esplêndidos da criação artística contemporânea.

Já vários outros desenhistas buscaram a interpretação de músicas por desenhos abstratos, no cinema. Walt Disney, porém, alcança pela primeira vez uma criação satisfatória, não só satisfatória, admirável, na Fuga de Bach. As formas e movimentos luminosos que criou são de uma riqueza e beleza inesquecíveis. Lidando com a arte pura da fuga musical, o grande artista conseguiu abstrações em movimento, por vezes tão possantes como as de um Picasso, ou graciosas, principalmente graciosas, como as de um Candinsqui. Jamais a luz obteve mais delicadas carícias, volúpias mais mornas, intensidades mais dramáticas. E então quando, no fim, após o violento retorno à vida provocado pelo caixão andando sozinho, o desenhista traduz cada rajada das cordas por irrupções luminosas, não é possível conceder mais convincente expressividade dramática à luz em movimento abstrato. Pela primeira vez a abstração plástica consegue igualar as misteriosas expressividades insabidas da música.

As cenas imaginárias, baseadas no *Quebra-nozes* de Tschaicóvsqui, com seus elfos menos felizes, suas flores, seus peixes, seus noturnos, seus efeitos de água ou de nevada, ainda se conservam na maior elevação criadora. Walt Disney principia aqui, se aproveitando, se inspirando é melhor, de elementos fornecidos pela ciência (como as miríficas formas dos cristais de neve) e os desenvolve fantasticamente, até alcançar flores orvalhadas e certos peixes que são a coisa mais linda que, cinematograficamente, se possa imaginar. E sempre o lado satírico, como é específico deste grande criador, acompanha o lado lírico das suas invenções. A cena dos cogumelos, o bailado das flores humanizadas, caindo de saias erguidas para o espectador, na cascata, fundem em tal unidade convincente o lirismo ao cômico, que estamos na mais desapoderada complexidade da invenção criadora.

O *Quebra-nozes* é de uma unidade conceptiva verdadeiramente admirável, apesar da sua variedade estonteante e itinerante. E isso porque o grande artista se entregou ao pleno domínio da subconsciência, obtendo assim uma espécie de sobrerrealismo, que deixa longe quanto se fez, neste sentido, em pintura parada, e se equipara ao que já se fez na própria poesia. E com efeito, o cinema, que é movimento e imagem, se presta mais que nenhuma outra arte a se exprimir no domínio, também movimento e imagem, da subconsciência. O *Quebra-nozes*, não de Tschaicóvsqui, coitado, mas de Walt Disney, é integralmente associativo. E a sua unidade se baseia exclusivamente nisso: as formas e movimentos derivam uns dos outros, por associações e por constelações de imagens de toda espécie, e que, por mais inesperadas para o nosso deslumbramento, são de uma lógica irretorquível. E, aliás, estamos em plena psique, em pleno "estilo" Walt Disney. Não a parte satírica do fabulista, mas a sua alma delicada e lírica. É aquela sua graciosa ao mais não poder e encantada maneira de amar a natureza sem homem, aquele seu sentimento "inglês" que já o tornara de uma grandeza shakespeariana nas cenas da bicharada, em *Branca de Neve* e na genial *Morte do pintarroxo*[5].

Talvez levado pelo proveito que soubera tirar no *Quebra-nozes* (a música neste filme é indissolúvel das imagens plásticas, por isso me refiro sempre a ela), das sugestões científicas, Walt Disney apresenta, em seguida, sobre a *Sagração da primavera* de Stravinsqui, a sua concepção, "científica" dirá o espíquer, da formação da terra e seus primeiros tempos pré-históricos. É uma das peças irregulares do filme. O artista, que soube com tanta força criadora se libertar dos programas musicais nas duas peças anteriores, preso agora a um programa, lidando [com] animais, árvores e descrições telúricas de que não tem a experiência, perdeu o melhor das suas qualidades. A própria cor, condicionada por suposições "científicas", se desvirtua por completo em suas possibilidades cinematográficas. Mas disto falarei mais adiante. Em todo caso, com seus múltiplos defeitos, esta parte contém dois momentos grandes: a briga dos dois monstros antidiluvianos, e a migração dos bichos acossados pelo frio. Desde o instante em que, pela primeira vez, os bichos pastando pressentem a chegada do inimigo e levantam a cabeça, auscultando o ar, um frêmito impaciente de inquietação nos agarra, os ritmos formais se intensificam, o próprio ridículo de certos galopes monstruosos acentua o trágico da cena. E na luta entre os dois monstros, o grande artista obtém um clima dramático da maior ferocidade.

---
[5] Título em português de *Who Killed Cock Robin?*, filme de Walt Disney, 1935.

É formidável. Logo em seguida, quando bate a invernia, e o artista faz os bichos imigrarem soprados pelo vento e as tempestades de neve, onde ficou a festiva sagração da primavera, e os seus rituais pré-históricos na Rússia? Ficou outra coisa, nem melhor nem pior, outra coisa, duma tristeza, duma grandeza, duma força impressionantes. A música fere o nosso olhar, a visão fere o nosso ouvido, e tudo é o mesmo paroxismo da devastação. É o trágico, no seu mais estético sentido. É aquela força superior, pouco importa se terrestre, se divina, predeterminada e fatal, que leva às incomensuráveis convulsões da vida.

A segunda parte de *Fantasia*, mais irregular que a primeira, ainda guarda pelo menos duas criações esplêndidas. Uma é, logo no começo, o sr. Som, chamado a se manifestar na tela. Ainda aqui, como na Fuga de Bach, é o timbre e o movimento musical que sugestionam a fantasia do desenhista. Walt Disney interpreta os timbres com prodigiosa identidade plástico-sonora; e os efeitos de lirismo e de grotesco luminoso são inesquecíveis.

E também magnífica é a *Dança das horas*, onde o artista se apresenta na plenitude do seu poder de interpretação satírica da vida, por meio de animais. Consegue mesmo o mais impiedoso sarcasmo, fazendo a maior caçoada que a dança "clássica" jamais sofreu, em seu refinamento e gratuidade. E então, no final turbilhonante, se aproveitando das formas angulares dos avestruzes, redondas de hipopótamos e elefantes, e dos jatos lineares dos jacarés, o desenhista atinge antíteses plásticas e cacofonias rítmicas dos mais impagáveis efeitos cinemáticos.

Não é possível mais dúvida: o cinema é um mundo novo. Um novo mundo de intuição definidora, em que a arte impõe aquelas mesmas manifestações religiosas ou cultivadoras de demiurgos míticos, com que de primeiro se manifestou. *Fantasia* é tão funcional como os desenhos de Altamira, ou o brônzeo carro solar de suevos inimagináveis. A diferença é apenas histórica. E desesperadora talvez... Aqueles me conduziam à construção dos napoleões, os vários mitos... *Fantasia* me impõe a destruição desses ideais. *Fantasia* tem a lição da guerra científica atual: onde ficou a validade do homem? Vamos para o "Grouchismo", dirá o crítico sarcástico de *Clima*. Ou acaso vamos para a mistificação de novos napoleões?... *Fantasia* não diz. Ou diz a seu modo, rindo com a maior vaia que nunca o homem sofreu: tudo se resume e se resumirá, pelos séculos, a uma estratificada e convencional briguinha entre o Mal e o Bem. E também a esse gênero conhecidíssimo de feiticeiros, que só fazem feitiçaria pra obrigar os outros a trabalhar para eles — ora será possível! *Fantasia* não me deixa propriamente desesperado: me dá vontade de fazer declaração de amor a um bonde da Light e trair o bonde com qualquer Turquia, ora bolas!

O resto do filme é de uma enorme irregularidade. Walt Disney se repete infantilmente, com a mesma irresponsabilidade da guerra atual. Abusa das tempestades, como a guerra atual, das enchentes, como a guerra atual, bolas!

Na *Pastoral*, o artista escapou de ficar quase nas mesmas alturas da Fuga, do sr. Som, do *Quebra-nozes*. A invenção dos cavalos alados nos repõe no Walt Disney lírico — uma das suas mais sensíveis invenções. Todos os episódios da égua branca e dos filhos levam a gente aos cumes do sentimento de poesia. O casal de cavalos é de uma elevação de pensamento, de uma nobreza de ritmos e de formas, absolutamente extraordinários. Walt Disney consegue aqui uma das raras expressões realmente belas da felicidade conjugal, em arte. Beethoven ficaria orgulhoso, em sua grandeza moral, desse casal de cavalos.

Mas figuras importantes na "pastoral" são também os centauros, e neles se escancara a incapacidade de Walt Disney na representação da figura humana. É estranho que um artista que sabe mover um olho de avestruz ou de peixe com tanta vida interior, não consiga fazer vibrar com sensibilidade um olhar de moça! Toda a intensa humanidade de Walt Disney vai para os seus bichos, e estes guardam por isso um formidável poder crítico. Poderiam argumentar que a irracionalidade insensível dos seres humanos de Walt Disney ainda é um valor crítico. Seria e formava um contraste genialmente trágico, se essa irracionalidade se apresentasse como irracionalidade. Em vez ela se apresenta diluída num estereotipado e num sentimental, sem a menor força de expressão e de sentido. O trágico da irracionalidade humana, nós o teremos que buscar em Chaplin, não em Disney. Aliás um dos detratores de *Fantasia* chamou habilmente a nossa atenção para a banalidade de desenho das figuras de Walt Disney. Essa banalidade é indiscutível. Porém por dois lados há que reviver o problema, sem o encerrar assim num julgamento aparentemente conclusivo. Em primeiro lugar, as figuras de Walt Disney são banais, *enquanto desenho parado*. Vistas num papel, são banais. Mas o cinema é movimento e com isto o problema se complica bem. O desenho de Rembrandt, as figuras do Goya água-fortista, os hominhos de Breughel ou de Daumier nada têm de banais. Mas eu apenas me pergunto, sem a menor intenção de ficar num julgamento negativo: quais as suas possibilidades de movimentação cinematográfica? E, por outro lado, eu verifico que Mickey Mouse, os anõezinhos de *Branca de Neve*, os peixes, potrinhos, flores, elefantes e jacarés de *Fantasia* são banais e que no entanto, movidos, eles me interessam, me sensibilizam e comovem. Ao passo que a mesma Branca de Neve e o seu príncipe, os centauros, as ondas e fogaréus de *Fantasia* são igualmente banais e me deixam sem a menor ressonância artística. Talvez a força de comoção artística do desenho animado não derive exatamente da banalidade do traço e da concepção *enquanto desenho*, mas enquanto possibilidade de animação e movimento... Não sei.

Outro lado por onde o problema se complica nasce da própria essência do desenho animado, a sua "falsificação" essencial da realidade; enfim: o arrombamento do limite existencial das coisas. O banal das figuras de Walt Disney deriva em grande parte de uma simplificação estilizadora, que pertence indiscutivelmente a esse decorativo, tão comum nos livros infantis de todas as raças e países. Não é propriamente "nacional", pois é justo nos seus momentos melhores que Walt Disney se liberta desse colorismo insípido da maioria dos livros ilustrados ingleses. É exatamente "infantil", e portanto "geral", humano, universal, como o são as reações infantis e o seu mundo psicológico. (Aliás estou imaginando que a simplificação primária dos desenhos de crianças, esses calungas, que têm um círculo por cara e cinco traços por corpo e membros, podiam adquirir uma extraordinária vitalidade expressiva, no desenho animado...) Ora o desenho animado, se nos convence e nos ilumina tanto, deve ser também porque ele nos reverte a esse infantilismo profundo e inamovível que persevera em nós, apesar de toda a nossa adulta materialidade. Ele arromba o limite existencial das coisas e nos coloca num mundo de milagre. Num mundo fantasmagórico, mais exatamente que fantasmal. Eu disse atrás que o desenho animado sofre um condicionamento de minutagem, que o torna fatigante quando longo. Não provirá isto do seu e nosso infantilismo, incapaz de perdurar em nossa materialidade adulta?... Talvez o banal, o convencionalismo do desenho animado seja uma necessidade de essência. Derive da sua própria realidade "poética". Do seu destino psicológico. E moral...

E o problema da cor? Em toda a Fuga, em todos os momentos de fantasia pura, e mesmo em outros passos frequentes, o grande artista alcança maravilhosos efeitos de colorido. Mas o que me parece importantíssimo verificar é que, justo nesses momentos, se dá uma adequação perfeita entre a criação e o seu material, lei eterna! É justo nesses momentos que a cor se torna luz; e o cinema não tem como material a cor, mas exatamente a luz. Para o meu gosto, o colorido cinematográfico ainda não conseguiu resultados satisfatórios, é apenas uma infância que promete, sem outras credenciais mais que a esperança. Mas eis que Walt Disney, auxiliado pelos seus técnicos, num golpe verdadeiramente genial que é a melhor lição artesanal de *Fantasia*, em vez de colorir o branco e preto da fotografia, se lembra de colorir a luz. Enfim: no cinema, que é luz, em vez da luz se transformar em cor, o que a empobrece e embaça, a cor é que se sublima em luz. Em passagens como as citadas, e ainda nas tão convincentes manifestações do sr. Som, a luz se expande em toda a sua personalidade com uma riqueza de vibração, com tais belezas de combinações cromáticas que chega a ser delirante.

Fantasia não é uma obra-prima. Nem chega a ser uma obra, no desconchavo irredutível das suas peças diferentes. Mas tem partes inteiras e valores que a tornam um dos monumentos da arte contemporânea.

[Mário de Andrade][6]

---

[6] Assinatura acrescentada pela edição; não está no manuscrito nem no capítulo *"Fantasia* de Walt Disney", em *O baile das quatro artes* [1943].

Arte inglesa[1]
1943

[...]

POIS É VERDADE: FEITA E PERFEITA A INGLATERRA COM HENRIQUE VIII e Elizabeth, ela pouco produzirá gênios universais nas artes musicais ou plásticas. Os três grandes países pequenos e viageiros da Europa se irmanam nessa contingência nacional, jamais se expressando em todas as artes com a mesma universalidade de grandeza. Se procurarmos na música um gênio português, na literatura um gênio holandês, que se equiparem a Camões e a Rembrandt, será impertinência lembrar um nome qualquer. A Inglaterra também nos aturde com Byron, Shelley, Dickens, Bacon e vinte outros nas artes da palavra. Porém propor ao lado deles e do gigantesco Shakespeare, mesmo o puro William Byrd e talvez Purcell, e ainda Gainsborough ou mais acertadamente Constable, bem menos um Inigo Jones, a que só o futuro poderá juntar o nome de Charles Chaplin, talvez seja fazer papel bastardo de apologista, e não de estudioso que aos poucos é que está descobrindo onde que vai parar.

NOTAS DA EDIÇÃO
[1] Ensaio publicado na *Folha da Manhã*, em cinco partes, em 1943 (25 de novembro; 2, 9, 16 e 23 de dezembro). Postumamente inserido em *O baile das quatro artes*, em 1963.

[...]
Todo o retratismo inglês toma assim um como que também sentido heráldico. Esses retratos de estilo funcionam como brasões. E como não lembrar o sentido "brasão" artificial que Charles Chaplin deu à cara lívida de Carlito... Foi também ainda esse mesmo sentido heráldico do retrato que fez dos pintores ingleses os mais perfeitos, os incomparáveis miniaturistas do mundo. O desejo de parecença não se perde nunca num Hilliard, num Peter Oliver, em John Smart, em Cosway, Samuel Cooper e tantos outros. Mas se eles se avantajam aos miniaturistas do continente, é sempre por aquela ciência pacífica do detalhe e da minuciosidade, das medievais bordadeiras inglesas, bordando já agora no marfim colonial essas pequenezas de ostentar na veste. Cada qual traz consigo o seu brasão familial e seu filho ou mãe ou cônjuge, filigranadamente miniaturados. Tanto o brasão como a miniatura participam do mesmo "heraldismo" familial.

(Que instinto arraigado da paciência caseira transborda da agulha feminina para quase todas as artes... Não são apenas as artes menores que demonstram esse miniaturismo inato. Ele atinge a própria arquitetura na renda dos tetos e dos vãos enormes, como nas frontarias bordadas de madeira de Speke Hall, de Bramhall Hall, de Staple Inn. E se é verdade que esperdiça menos o virginal de Giles Farnaby que o cravo dos Couperin, ele se instala na pintura, criando os maiores miniaturistas do mundo. Vai para a jardinagem que toda se pontilha em fábricas do brinquedinho chinês. Aliás, estou imaginando se o *humour* não derivará também de um como que miniaturismo moral... E com efeito, eu vejo esse miniaturismo inglês surgir estranhamente nesse alucinante rodamoinho de detalhes, detalhes, detalhes, que transmuda mesmo os mais dramáticos painéis de Charles Chaplin num rendilhado itinerante de símbolos, chegando a lhes enfraquecer um bocado a força pragmática da lição. Como em *City Lights*[2] ou no *Great Dictator*[3]).

[...]

Também estava reservado à Inglaterra esse lustre grande de nos propor o gênio artístico talvez mais atual da época nossa, Charles Chaplin. Arte do futuro? Talvez antes, arte de decadência... Mas apesar deste seu aspecto bem representativo da coletividade inglesa do século, Carlito transborda humanamente dos caracteres de sua terra de nascença. Ele percebeu como ninguém a funcionalidade artística do cinema, a sua funcionalidade popular. Ainda aí ele é bem dessa Inglaterra que jamais pôde abandonar, nas suas artes, o assunto conscientizado, para se deliciar hedonisticamente na exclusiva pesquisa estética. (E não é à toa que foi um Inglês quem denunciou a impermeabilidade humana do "hedonismo"...) Porém, apesar do significado social das suas obras grandes, Carlito ainda é o riso, ainda é a gargalhada, ainda é o passado, porque no geral os que apontam o futuro não sabem rir.

Se ele compreendeu como ninguém a eficiência coletiva, atualíssima, do cinema, se soube como raros delimitar e oferecer verdades elementares, cujas cores simples são mais

---

[2] *Luzes da cidade*, filme de Charles Chaplin, 1931.

[3] *O grande ditador*, de Charles Chaplin, 1940.

aptas a tingir as multidões, Carlito persegue essas verdades mais pela assuada que pela crítica destruidora, deixando os corações gozados, na inatividade da recusa cumprida. Quando em verdade as recusas inda estão por se cumprir. E, como prova final do seu sentido decadente, Carlito acaba o painel grandioso do *Grande ditador*, defendendo a democracia num discurso que tem todos os aspectos do panegírico. Talvez sem querer, o que Carlito defendeu, mas foi uma Inglaterra ainda vitoriana. E não é possível imaginar que a própria Inglaterra, sempre, em seu conservadorismo, tão flexível às realidades do mundo, volte no futuro a esse passado que Carlito defendeu.

[...]

Esse ideal de Constable na cor, Seymour Haden no desenho, Gustav Holst na música, de revelar a doçura grave e a humanidade da vida rural inglesa, é que permitiu ao cinema inglês nos dar a única contribuição em que ele é reconhecido como incomparável. Apesar de um Alfred Hitchcock e do movimento ambicioso de Wardour Street, não é possível atribuir ao cinema inglês a importância, por exemplo, do cinema russo ou da cosmopolita Hollywood. Mas quando se aconselhou com o racionalismo ingênito da raça, o Inglês criou o movimento "neorrealista" do filme documental, numa obra que não sofre confronto. Embora iniciado o movimento, por um escocês, John Grierson, a criação da G.P.O. e dos que dela se destacaram como Buchanan, é profundamente inglesa. E se a ideologia trabalhista lhe inspirou alguns dos seus mais impressivos documentários, *Song of*

Ceylon[4], *Coal Face*[5], e dirige o sentido social permanente dos seus filmes, também por quase todos eles, em *Night Mail*[6], *Drifters*[7], *The Voice of Britain*[8] e muitos outros, Grierson e a sua escola nos contam essa satisfação da sua ilha, da vida e da paisagem que está sempre no fundo fatigado do viajante inglês.

---

[4] *Song of Ceylon*, filme de Basil Wright, 1934.

[5] *Coal Face*, de Alberto Cavalcanti, 1935.

[6] *Night Mail*, de Harry Watt e Basil Wright, 1936.

[7] *Drifters*, de John Grierson, 1929.

[8] *The Voice of Britain*, de Stuart Legg, 1935.

Mário de Andrade: leitor e crítico de cinema

Paulo José da Silva Cunha

CINEMA E MODERNISMO

EM CARTA À POETA E MUSICÓLOGA ONEYDA ALVARENGA, escrita em 6 de julho de 1935, Mário de Andrade, recém-nomeado diretor do Departamento de Cultura e Recreação do Município de São Paulo, qualifica de "formidável", "gigantesco", "absurdo", o espaço que o cargo passava a ocupar em sua vida. Conta que, na noite posterior à posse, depois de dois dias de dedicação exclusiva à nova função, e "completamente irritado com a situação", havia dito um "arre!"[1] bem alto e, de noite, teria ido ao cinema. Na missiva, "ir ao cinema" sugere uma trégua na rotina, mergulho escapista na sala escura. Entretanto, o cinema foi, para o escritor, mais que uma forma de lazer ou fuga. A ele se referiu como "Musa cinemática"[2] e "Décima musa"[3], nele reconhecendo, assim, a capacidade de inspirar a criação. Em relação à própria obra, o cinema

---

[1] ALVARENGA, Oneyda, org. *Cartas: Mário de Andrade - Oneyda Alvarenga*. São Paulo: Livraria Duas Cidades, 1983, p. 118.

[2] ANDRADE, Mário de. Crônicas de Malazarte-III, *América Brasileira*, Rio de Janeiro, dezembro de 1923. Arquivo Mário de Andrade, IEB-USP.

[3] IDEM. Crônicas de Malazarte – I. *América Brasileira*, Rio de Janeiro, outubro de 1923. Arquivo Mário de Andrade, IEB-USP.

parece ter lhe motivado a criação poética. Exemplo disso é a gênese de "Carnaval carioca", relatada por ele em carta a Manuel Bandeira, no momento em que narra sua experiência como folião, em fevereiro de 1923, no Rio de Janeiro, quando durante "quatro noites inteiras" e o que dos dias lhe sobrara do "sono merecido" imergiu na festa. Voltando à rotina, "em plena vida cotidiana", imagens líricas começam a brotar dessa vivência: imagens que, segundo o poeta de *Pauliceia desvairada*, teriam sido reveladas pela "máquina fotográfica, antes cinematográfica" do seu "subconsciente". No mesmo trecho da carta, chama essa irrupção lírica de "filme moderníssimo de um poema", desenrolado no "*écran* das folhas brancas"[4], expressões que flagram a sua absorção da linguagem cinematográfica: a página que é tela, e versos que são as imagens ali projetadas, seguindo mecanismos do inconsciente. Traduzem recursos, choque de imagens e palavras, simultaneidade, estranhamentos que se manifestam, tanto na poesia, quanto no cinema, por meio da montagem ou da justaposição.

Além da poesia, a prosa de Mário de Andrade teve, no cinema, um modelo para a concepção formal. Em 2 de agosto de 1923, o ficcionista envia, ao escritor Sérgio Milliet, missiva na qual atribui o adjetivo "cinematográfico"[5] ao romance que vinha escrevendo, *Fräulein*, publicado em 1927 como *Amar, verbo intransitivo*. O termo "cinematográfico", que se aplica à fragmentação das cenas na narrativa, contribui para a defini-

---

[4] Carta de Mário de Andrade a Manuel Bandeira; São Paulo, fevereiro de 1923. V. MORAES, Marcos Antonio de, org., introdução e notas. *Correspondência: Mário de Andrade & Manuel Bandeira*. São Paulo: Edusp/IEB, 2001, p. 85.

[5] Carta de Mário de Andrade a Sérgio Milliet, São Paulo. In: DUARTE, Paulo. *Mário de Andrade por ele mesmo*. São Paulo: EDART, 1971, p. 293.

ção do gênero idílio, na experimentação modernista. Liga-se também ao idílio barroco que se concretiza igualmente por meio de quadros ou cenas, o que também está no romance do século XX.[6]

Além de paradigma para se pensar o processo de criação poética e ficcional, o cinema representou, para Mário de Andrade, um novo meio cujas potencialidades de expressão artística mereceram-lhe pesquisa e estudo. O leitor incansável busca informações em livros, ensaios e artigos nas revistas europeias de sua biblioteca. Indica muitas dessas publicações em fichas de pesquisa que testemunham a sedimentação do seu conhecimento. Apõe notas marginais em vários artigos e livros sobre cinema, organizados nas suas estantes, dialogando com os autores. Nesse sentido, segmentos que ele assinala e comentários que escreve nas margens das páginas são, várias vezes, pontos que recupera como apropriação e citação em sua escritura; ou esboços de trechos que se fixam em sua crítica cinematográfica. Embora exercida de forma esporádica, a crítica de cinema andradiana, objeto da presente coletânea, firma-se lúcida, moderna e atualizada, na discussão internacional, em torno da sétima arte.

O debate a respeito dos rumos da arte moderna, questão relevante no pensamento do escritor, nos anos de 1920, comparece em dois de seus textos de cinema. No primeiro, "Ainda *O garoto*", publicado no quinto número da revista paulistana *Klaxon*, em 15 de setembro de 1922, Mário de Andrade diverge de Céline Arnauld no que concerne à sequência do sonho, neste filme de Chaplin, de 1921. Ao se

---

[6] V. LOPEZ, Telê Ancona. Um idílio no modernismo brasileiro. In: ANDRADE, Mário de. *Amar, verbo intransitivo*. Ed. de Marlene Gomes Mendes. Rio de Janeiro: Agir, 2009.

referir à apreciação da poeta dadaísta, cita um momento do texto dela, colhido em *Action*, revista francesa que, infelizmente, não mostra exemplar em sua biblioteca. Arnauld afirma, no excerto transcrito, que "Carlito poeta sonha mal", defendendo que, para se conservar moderno e "puro", "em vez de anjos alados e barrocos", o filme deveria exibir *"pierrots* enfarinhados ou ainda outra cousa"[7]. O crítico brasileiro condena, na análise de Arnauld, a *"intenção* da modernidade em detrimento da *observação* da realidade". Afirma, então, que Carlitos "sonhou o que teria de sonhar fatalmente, necessariamente: uma felicidade angelical perturbada por um subconsciente sábio em coisas de sofrer ou de ridículo". Na sequência em discussão, o vagabundo sonha com a vizinhança pobre, transformada no paraíso cristão em que todos pairam, convertidos em anjos – o garoto, amigos e ex-inimigos. Para Mário, significa "um dos passos mais humanos" da obra de Charles Chaplin, e "por certo o mais perfeito como psicologia e originalidade"[8]. Este traço de humanidade vincula-se, segundo ele, à captação da psique e do quotidiano do personagem, que lhe determinariam, "necessariamente", o que sonhar. O universo onírico criado por Chaplin, segundo o articulista de *Klaxon*, só seria verossímil se plasmado na história de Carlitos e em impressões do cotidiano dele, geradoras de imagens que forneceriam, ao sonho, uma causa e uma lógica interna.

Em "Crônicas de Malazarte – III", na revista *América Brasileira*, em dezembro de 1923, o modernismo é mais uma vez

---

[7] ANDRADE, Mário de. Ainda O GAROTO. *Klaxon: mensário de arte moderna*, n° 5, São Paulo, 15 de setembro de 1922, p. 13. Mário traduz o trecho de Céline Arnauld que cita.

[8] IBIDEM.

trazido à baila, no momento em que Mário de Andrade focaliza a fita expressionista *O gabinete do dr. Caligari*, de Robert Wiene, de 1919. Ao apontar um dos senões, concorda com o poeta Blaise Cendrars: "Infelizmente: objetiva fixa, anticinemática, sem dinamização fotográfica. Muito de teatro, pouco de cinema. Aí Cendrars teve razão". Mais adiante, considera "razão sentimental" o outro argumento do autor de *Kodak*: o filme utiliza o "expressionismo para dar ideia do que pensa um louco"; "desacredita a arte moderna". Mário aproveita a deixa para discutir o que julga "um dos problemas mais importantes da *modernidade*"; a saber, "o emprego da deformação sistemática, tal como a usam expressionismo, futurismo, etc., para exprimir a fantasia dum louco", utilização, segundo ele, aceitável "porque tais deformações, sob o ponto de vista vital, são inegavelmente alucinatórias"[9]. De forma semelhante ao aval dado ao sonho de Chaplin, aqui, a concordância com a deformação cênica no filme alemão justifica-se por ela se apresentar, no desfecho, como perspectiva de um "louco", o que lhe assegura verossimilhança. Vale destacar que o modernista da Pauliceia partiu da leitura da resenha *"Le cabinet du Docteur Caligari"*, assinada por Cendrars, na revista *Les Feuilles Libres*, ano 4, nº 26, de abril/maio de 1922.

Arte e indústria

Embora no primeiro número de *Klaxon*, de 15 de maio de 1922, Mário defina o cinema como arte emblemática da modernidade, "a criação artística mais representativa da

---

[9] IDEM. Crônicas de Malazarte — III. *América Brasileira*, Rio de Janeiro, dezembro de 1923. Arquivo Mário de Andrade, IEB-USP. Esta coletânea, *No cinema*, publica excerto do texto.

nossa época", cabendo ao público "observar-lhe a lição"[10], as avaliações com referência ao estado de coisas do cinema, expressadas nos números subsequentes desse periódico, são bastante desfavoráveis. No sexto número, por exemplo, em 15 de outubro de 1922, condena nas fitas americanas "a complicação, que imprime a quase todas um caráter vaudevilesco muito pouco ou raramente vital", e os "dizeres, muitas vezes pretensiosamente líricos ou cômicos", concluindo que "a cinematografia é uma arte que possui muito poucas obras de arte", pois as empresas produzem filmes que são "objetos de prazer mais ou menos discutível", atraindo "o maior número de basbaques possível"[11]. Essa constatação, todavia, não exclui a consciência do crítico no que se refere às potencialidades expressivas do cinema, como esclarece no número duplo 8/9 de *Klaxon*, correspondente a dezembro de 1922 e janeiro de 1923. Mário de Andrade então escreve: "o cinema deve ser encarado como algo mais que um mero passatempo", tendo em vista que "evoluiu, tornou-se arte"[12].

No ano de 1928, Mário de Andrade publica três artigos no *Diário Nacional*, nos quais problematiza a discussão "arte e indústria", questão inextrincável na avaliação de grande parte

---

[10] [ANDRADE, Mário de]. KLAXON. *Klaxon: mensário de arte moderna*, n° 1, São Paulo, 15 de maio de 1922, p. 2. A afirmação está na abertura da revista, o assim chamado Manifesto de *Klaxon*, que não mostra a assinatura de seu autor. Na revista que deseja ser internacional, dinâmica e abrangente, o grupo modernista paulistano multiplica-se em pseudônimos. Mário de Andrade, além de seu nome conhecido e de suas iniciais – M. de A. –, esconde-se em vários pseudônimos, nas diversas seções de *Klaxon*. Na crítica de cinema é R. de M., J.M., G. de N., Ínterim e A.

[11] ANDRADE, Mário de. Cinema. *Klaxon: mensário de arte moderna*, n° 6, São Paulo, 15 de outubro de 1922, p. 14.

[12] IDEM. Cinema. *Klaxon: mensário de arte moderna*, n° 8/9, São Paulo, dezembro de 1922/ janeiro de 1923, p. 31.

da crítica, considerando que a produção dos filmes já envolvia mobilização de grandes somas de capitais. Em "*O gato e o canário*", de 15 de março, a respeito do filme homônimo de Paul Leni, de 1927, o crítico reconhece, na produção, uma "virtuosidade espantosa", mas ressalva que faltaria a ela "a base do conceito artístico que está na criação lírica". Admite que, no aspecto técnico, os americanos seriam superiores aos europeus e que, embora os últimos tenham "inventado mais processos cinegráficos", quem melhor possuía "virtuosidade" e "perfeição na realização" eram "mesmo os norte-americanos". Por isso, elogia em *O gato e o canário* a fotografia "duma nitidez admirável", "os movimentos duma exatidão matemática" e a "câmara móvel". Na avaliação final, "se *O gato e o canário* não atinge propriamente o domínio da arte, é pelo menos uma obra-prima de técnica"[13]. "Arte e cinema", artigo publicado no mesmo jornal um dia depois, amplia a discussão: Mário enfoca o contraponto arte/técnica, ensejado pelo filme de Leni, apoiando-se em uma "distinção bem-feita por Carlos Lalo entre técnica e ofício". A ideia está entre as passagens que o lápis de Mário realça, na margem, no seu exemplar de *Esthétique* (Paris: Félix Alcan, 1925)[14].

"*Fausto*", resenha de Mário de Andrade divulgada no *Diário Nacional*, em 13 de abril de 1928, sobre o filme do mesmo título, de 1926, dirigido por F.W. Murnau, pode ser lida em contraste à sua avaliação do filme de Leni. A adapta-

---

[13] ANDRADE, Mário de. O gato e o canário. *Diário Nacional*, São Paulo, 15 de março de 1928. Arquivo Mário de Andrade, IEB-USP.

[14] Mário de Andrade, no mesmo artigo, transcreve e traduz, aliás, um trecho do esteta Charles Lalo, mas sem declinar o título da obra, onde deixa comentários e assinala passagens.

ção de Murnau, pondera o escritor, "não tem dúvida que é uma obra de arte excelente", mas os seus defeitos levam-no a questionar "no porquê esses filmes admiráveis que fogem da cinegrafia realista, nunca não satisfazem por completo". Mário encontra, na carência técnica e na ausência de criatividade, a possível resposta: "As cenas irreais não satisfazem porque podiam ser mais bem-feitas tecnicamente ou melhoradas como invenção". A fragilidade de invenção concretiza-se na representação do arcanjo e do demônio, este último descrito como "Pé-de-Pato elegante". O escritor questiona: "Para que o emprego do Mefistófeles tão diabólico?" Como alternativa para a figuração dos "puros espíritos", propõe "só efeitos de luta entre luz e sombra [...] efeitos puros de formas abstratas em claro-escuro"[15].

A inovação técnica do som será alvo da avaliação do escritor em dois artigos no *Diário Nacional*. No primeiro, "História da música", publicado em 15 de janeiro de 1930, considera "essa história do cinema falado e cantado e não-sei-que-mais [...] um problema importantíssimo e complexo por demais", dando mostras do interesse pelo assunto. E rechaça o uso do fonógrafo, "instrumento de lar", como recurso a serviço da sonorização no cinema, pois prefere as orquestrinhas, que, apesar de "detestáveis", ao menos eram "cousa característica dos ambientes de divertimento pra fora do lar"[16]. Em "Cinema sincronizado", de 29 de janeiro de 1930, rejeita o uso pouco original desta técnica, "grande invenção dos nossos

---

[15] ANDRADE, Mário de. Fausto. *Diário Nacional*, São Paulo, 13 de abril de 1928. Arquivo Mário de Andrade, IEB-USP.

[16] ANDRADE, Mário de. História da música. *Diário Nacional*, São Paulo, 15 de janeiro de 1930. Arquivo Mário de Andrade, IEB-USP. Excerto do artigo.

dias", considerando que "a infinita maioria dos filmes sonoros são horrores", "realização de revistas", ou produções "em torno de cantor de jaz ou de bailarinas de Broadway". Em meio a esse repertório, Mário encontra em *Dança macabra*, de Disney, fita de 1929, uma das "obras-primas do cinema sonoro", pela "qualidade do desenho, a invenção das atitudes, o a propósito dos efeitos musicais, [...] a aplicação perfeita do jaz a isso"[17].

A escritura: artigos em processo

A constante reelaboração, que marca todas as faces do processo criativo do polígrafo, permite que se perceba, no crítico cinematográfico, o refinamento da reflexão, ao longo dos anos. Assim acontece com o artigo "Caras", na revista carioca *Espírito Novo*, no qual, em janeiro de 1934, Mário de Andrade reitera elogios a Charles Chaplin, diretor que, desde *Klaxon*, o brasileiro põe entre os grandes criadores na arte do cinema, na década de 1920. Esse texto, em que analisa particularmente a comicidade da expressão do personagem, exibe uma interessante reescritura, a partir do exemplar da *Espírito Novo*, na coleção do crítico. No exemplar, Mário rasura a grafite as páginas correspondentes ao texto, materializando uma segunda versão que conjuga a parcela autógrafa à impressa, modificando-a bastante. Em seguida, datilografa uma nova versão, transpondo as emendas e desenvolvendo outras mudanças, para, em seguida, traçar, a tinta preta, mais rasuras e ultimar a versão que põe no dossiê *Revista Acadêmica: Antologia*, integrando "Caras"

---

[17] IDEM. Cinema sincronizado. *Diário Nacional*, São Paulo, 29 de janeiro de 1930. Arquivo Mário de Andrade, IEB-USP.

em uma nova história. O dossiê, um conjunto de textos de sua autoria, constitui-se para aceitar, em 1938, a homenagem ao cinquentenário do escritor, em número especial da revista do Rio de Janeiro, dirigida por Murilo Miranda. A *Antologia* programada acolhe amostras da produção do multiplicado escritor – poeta, ficcionista, cronista e crítico das várias artes. O número comemorativo nunca se realizou. A presente seleta, *No cinema*, tem, portanto, o privilégio de divulgar esta análise inédita, tão burilada por Mário de Andrade.

Aqui, o texto estabelecido apoia-se na versão no manuscrito datiloscrito, na qual as rasuras decalcam a consciência do escritor como leitor e crítico do próprio trabalho. Entre as rasuras, cabe lembrar que, já em seu exemplar de *Espírito Novo*, Mário substitui, a grafite, o nome "Carlito" por "Charles Chaplin" ou "Chaplin", em diversas passagens, no intuito de assegurar o mérito do criador. E que, no datiloscrito, acrescenta o advérbio "voluntariamente", ao trecho "Não falo que a cara composta por Chaplin não seja fotogênica não, pelo contrário, é fotogeniquíssima. Mas é [voluntariamente] anticinegráfica", para validar a escolha escudada na consciência do valor estético da imobilidade na máscara chapliniana. O que certos críticos, à época, julgam contradição e inabilidade em uma arte que primava pelo movimento, Mário percebe como expressão artística talhada com precisão, contrastando com outras caras em movimento, simples registros da máquina, rostos de cinema-comércio.

O ensaio "*Fantasia* de Walt Disney", publicado pela primeira vez no *Diário de S. Paulo*, em 9 e 12 de setembro de 1941, como "*Fantasia* – I e II", também merece comentário sobre a reelaboração por que passa para sair em outubro do mesmo ano, na revista paulistana *Clima*, número especial analisando este desenho animado. Logo na primeira página, a nota de rodapé chama a atenção para a reescritura empreendida por Mário de Andrade: "Para efeitos desta transcrição, estes artigos foram revistos pelo autor". O cotejo dos textos descobre supressões, substituições e deslocamentos, mas não se têm manuscritos desta retomada. Todavia, no seu exemplar de *Clima*, o escritor rasura seu ensaio a tinta preta e grafite, provavelmente para inseri-lo em *O baile das quatro artes*, livro a sair na coleção Mosaico, da Livraria Martins Editora, de São Paulo, entre o final de 1942 e abril de 1943[18]. No dossiê dos manuscritos de *O baile das quatro artes* localiza-se a cópia carbono de versão datilografada, portando o título "*Fantasia* de Walt Disney", idêntico ao que recebe no volume. Esta versão acata as modificações propostas pelas rasuras do exemplar de trabalho de *Clima*.

Algumas supressões, efetuadas na passagem do texto do *Diário de S. Paulo* para *Clima*, sugerem, por parte de Mário de Andrade, a intenção de relativizar o valor antes atribuído por ele ao filme de Walt Disney. Deste modo, em *Clima* se vê que ele elimina, na íntegra, o parágrafo inicial de "*Fantasia* – I", no jornal paulistano, pleno de elogio a "um dos mais ambiciosos esforços que a cinematografia já fez para se afirmar como uma das Belas Artes". Trecho onde se exalta o filme como "uma

---

[18] Mário comenta, em carta a Murilo Miranda, de 28 de novembro de 1942: "[...] o Martins está me editando em caderno de ensaios de arte *O baile das quatro artes* e *Os filhos da Candinha*. Tudo sairá pelos primeiros três meses do ano que vem, creio" (*Mário de Andrade: cartas a Murilo Miranda (1934-1945)*. Ed. prep. por Raúl Antelo. Rio de Janeiro: Nova Fronteira, 1981, p. 135). Em 24 de abril de 1943, Mário escreveu, em missiva a Moacir Werneck de Castro: "Lhe mando aqui o meu *Baile das quatro artes*, edição mimosa do Martins" (CASTRO, Moacir Werneck de. *Mário de Andrade: exílio no Rio*. Rio de Janeiro: Rocco, 1989, p. 204).

das realizações capitais [de] Arte, a meu ver, desta primeira metade do estupidíssimo Século Vinte[19].

A caracterização do século como "estupidísssimo" sugere uma digressão a respeito da maneira pela qual a crítica de cinema, escrita por Mário, incorporou questões do seu tempo. Se, na década de 1920, suas resenhas convergem para discussões pontuais concernentes à arte moderna, ou ao debate sobre arte e técnica, vinculado à sua preocupação em definir, para o cinema, caminhos criativos, é a partir dos anos de 1930 que se testemunha, nos seus textos, o aprofundamento ideológico, motivado pelas tensões geradas por guerras e ditaduras. Desta forma, em "Filmes de guerra", no *Diário Nacional*, de 6 de março, 1932, o crítico entende que, apesar dos quatorze anos transcorridos do final da Primeira Guerra, "os filmes que a contam, que a repisam, que insistem nela e normalizam o sentimento de beligerância na humanidade, continuam por aí". Vislumbra, na banalização difundida pelo cinema, o prenúncio de uma nova guerra – "guerra patriotada, a guerra vadiagem, a guerra desumana, gatunice, capitalismo e momento mais significativo da desigualdade dos homens"[20]. A contundência do discurso politizado e antibélico irrompe também na resenha "*O grande ditador*", em meio à Segunda Grande Guerra, quando Mário de Andrade constata, a respeito da fita de Chaplin: "Carlito ainda é o riso, ainda é a gargalhada". Reivindica para aqueles ameaçadores tempos modernos, a "crítica destruidora":

---

[19] ANDRADE, Mário de. *Fantasia* – I. *Diário de S. Paulo*, 9 de setembro de 1941, p. 4. Arquivo Público do Estado de São Paulo.

[20] IDEM. Filmes de guerra. *Diário Nacional*, São Paulo, 6 de março de 1932. Arquivo Mário de Andrade, IEB-USP.

Destruir Hitler, destruir o nazismo, destruir todos esses totalitarismos que preferem o individualismo da máquina estatal a isso que somos todos — Carlitos em busca de uma distribuição mais humana das desgraças e felicidades do mundo.[21]

No ensaio sobre *Fantasia*, na década de 1940, o poeta de *Há uma gota de sangue em cada poema* enfatiza que "Walt Disney se repete infantilmente, com a mesma irresponsabilidade da guerra atual. Abusa das tempestades, como a guerra atual, das enchentes, como a guerra atual, bolas!"[22].

Assim como "Caras" e "*Fantasia* de Walt Disney", o ensaio "Arte inglesa" apresenta documentos de processo que convalidam o movimento da criação. A primeira versão, capítulo para uma coletânea sobre a Inglaterra, encomendado pela Americ--Edit, é enviada a Max Fischer, presidente da editora, em 30 de maio de 1942. Na carta de acompanhamento, Mário de Andrade confessa sua insatisfação com o resultado, devido à dificuldade "de escrever conjuntamente sobre artes muito diferentes entre si"[23]. Como a obra não sai, mas continua propriedade da editora, Mário "premido pelas circunstâncias", conforme confidencia a Murilo Miranda, em 9 de junho de 1942, lança mão de um expediente: "Tirei umas ideias do capítulo sobre ARTE INGLESA, e com outras palavras e com outro fundamento ideológico, escorrupichei dois artigos"[24]. Em um deles, "*O grande ditador*", nos

---

[21] IDEM. O grande ditador. *Diários Associados*, São Paulo, 10 de junho de 1942. Arquivo Mário de Andrade, IEB-USP.

[22] ANDRADE, Mário de. *Fantasia* de Walt Disney. In: *O baile das quatro artes*. São Paulo: Livraria Martins, 1943, p. 40.

[23] IDEM. Carta a Max Fischer, São Paulo. Arquivo Mário de Andrade. Manuscritos MA: *O baile das quatro artes*, IEB-USP.

[24] IDEM. Carta a Murilo Miranda, São Paulo. *Mário de Andrade: cartas a Murilo Miranda (1934-1945)*. Ed. cit., p. 113.

Diários Associados, um dia após a missiva a Murilo (aliás, funcionário da Americ-Edit), repercutem trechos de "Arte inglesa". O ensaísta, que prossegue na lapidação, recorre, enfim, ao rodapé "Mundo Musical", por ele mantido na paulistana *Folha da Manhã*. Transforma o estudo na série "Arte inglesa" – I a IV e ("Fim"), que vem à luz nos dias 25 de novembro, 2, 9, 16 e 23 de dezembro de 1943. Depois de recortá-la do jornal, rasura os textos, reconstitui o estudo e o aloja no dossiê dos manuscritos de *O baile das quatro artes*. Esse título, na coleção Mosaico, contudo, não abriga "Arte inglesa", sinal de que os recortes ingressam no dossiê depois da edição *princeps*. Isso se deve ao fato de que o autor visava agregar o ensaio a uma segunda edição do livro, nas Obras Completas, pela Livraria Martins, o que acontece apenas em 1963. Na reconstituição visível nos recortes emendados, a presente coletânea separou, como excertos, o tópico cinema.

Na abordagem dos caminhos da reescritura do crítico cinematográfico, não se deve esquecer a "Crônica de Malazarte – III", cujo texto recebe rasuras na página que Mário de Andrade retira da revista *América Brasileira*, de dezembro de 1923; nem os artigos "Cinema sincronizado", "Os monstros do homem – I" e "*O grande ditador*", publicados no *Diário Nacional*, em 29 de janeiro de 1930 e em 15 de maio de 1932, e no número dos *Diários Associados* de 10 de junho de 1942, os quais são retrabalhados em recortes dos próprios jornais.

No cinema

O critério para o estabelecimento do texto, nos escritos de Mário de Andrade sobre cinema organizados nesta coletânea[25],

---

[25] O inventário das críticas de cinema escritas por Mário de Andrade e dos documentos de processo a elas relacionados foi parcela da minha pesquisa para o mestrado em Literatura Brasileira na FFLCH-USP, sob a orientação do prof. dr. Marcos Antonio

foi acatar as últimas versões em vida, tanto nos manuscritos, como nas publicações, pautando-se pela norma ortográfica vigente. A edição, além de respeitar o aportuguesamento dos nomes próprios, como Mussórgsqui, Tschaicóvsqui, Stravinsqui, Candinsqui, ou do substantivo jaz (jazz), aceitou a flutuação quando se trata de números, para guardar a marca da atividade do jornalista, sem tempo para a padronização. Preservou também as locuções e os substantivos compostos desenvolvidos pelo escritor modernista, no ritmo da sua frase.

O cinema e a poesia

A análise das referências ao cinema no poeta Mário de Andrade e da captação de soluções cinematográficas na poesia dele vale um estudo de fôlego, no futuro. Esse estudo encontrará, por certo, um texto fundamental – o poema "Fox-trot". Encaixado em "Uma conferência: Condescendência pra divertir os sócios do Automóvel Clube", contribuição do modernista na *Revista do Brasil* de janeiro de 1925 (v. 28, a. 10, n° 109, p. 15-25, São Paulo), os versos, que também exploram a música e a dança da moda, têm a autoria revelada com humor. Mário, antes de apresentá-los, alude a si mesmo: "Mas em língua brasileira já um poeta maluco escreveu um *fox-trot* estilizado cujas imagens poderão interpretar os sentimentos dos músicos vivos que escrevem danças atuais artísticas". E dá à poesia o encargo de transfigurar a comédia norte-americana *Smiles*, dirigida por Arvid E.

---

de Moraes. A dissertação contou com bolsa da Fundação de Amparo à Pesquisa do Estado de São Paulo. A pesquisa vinculou-se ao projeto temático FAPESP/IEB-
-FFLCH-USP, *Estudo do processo de criação de Mário de Andrade nos manuscritos de seu arquivo, em sua correspondência, em sua marginália e em suas leituras*, coordenado pela profa. dra. Telê Ancona Lopez, tendo como coordenadores associados os profs. drs. Marcos Antonio de Moraes e Flávia Toni.

Gillstrom, em 1919. Glosa, ao mesmo tempo, o nome da atriz Alma Rubens. Em sua biblioteca ficou a matriz de sua referência a Carlitos e ao *fox-trot* – "La Chapliniade ou Charlot poète: poéme drame film", de Ivan Goll, na revista *La Vie des Lettres*, de julho, 1921, com desenhos de Léger. Em 1924, outra dança já ritmara passos, em *Losango cáqui* – "Por isso Cabo Machado anda maxixe."[26]

Fox-Trot

Grande dança de hoje!...
Cauboização da sociedade humana!
O passo balançado, balançado,
De quando em quando uma figura...

Smiles...
Carlito anda fox-trot.
Todos os homens Carlitos insinceros
Na viravolta objetivando a abulia.

O par parou. Parou e recomeça.
Smiles...
Com sorrisos a América do Norte
Vai vencendo a atonia universal.
    Dollar!
Forças convincentes do ouro em caixa!

---

[26] ANDRADE, Mário de. "Cabo Machado". In: "Losango cáqui"; in: *Poesias completas*. Estabelecimento do texto e notas de Tatiana Longo Figueiredo e Telê Ancona Lopez. Rio de Janeiro: Agir, no prelo.

E cada brasileira americanizada
Valorizada
É uma Alma Rubens,
sem alma
    sem rubor...
Smiles...

O fim do mundo num sorriso.

ESTABELECIMENTO DO TEXTO
Paulo José da Silva Cunha

COORDENAÇÃO EDITORIAL
Telê Ancona Lopez

ORGANIZAÇÃO DO VOLUME E POSFÁCIO
Paulo José da Silva Cunha

EDITORAS RESPONSÁVEIS
Janaína Senna
Maria Cristina Antonio Jeronimo

PRODUÇÃO EDITORIAL
Ana Carla Sousa

REVISÃO
Ângelo Lessa
Maria Clara Antonio Jeronimo

PROJETO GRÁFICO
Leandro B. Liporage
Priscila Cardoso

DIAGRAMAÇÃO
Celina Faria

Este livro foi impresso em novembro de 2010, pela Ediouro Gráfica, para a Editora Nova Fronteira. A fonte usada no miolo é Centaur MT 13/16. O papel do miolo é pólen soft $70g/m^2$, e o da capa é cartão $250g/m^2$.

Visite nosso site: www.novafronteira.com.br